착하게
사는
지혜

착하게 사는 지혜

발행일	2018년 10월 12일

지은이	김 상 백		
펴낸이	손 형 국		
펴낸곳	(주)북랩		
편집인	선일영	편집	오경진, 권혁신, 최승헌, 최예은, 김경무
디자인	이현수, 김민하, 한수희, 김윤주, 허지혜	제작	박기성, 황동현, 구성우, 정성배
마케팅	김회란, 박진관, 조하라		
출판등록	2004. 12. 1(제2012-000051호)		
주소	서울시 금천구 가산디지털 1로 168, 우림라이온스밸리 B동 B113, 114호		
홈페이지	www.book.co.kr		
전화번호	(02)2026-5777	팩스	(02)2026-5747

ISBN   979-11-6299-369-9 03810 (종이책)   979-11-6299-370-5 05810 (전자책)

이 도서의 국립중앙도서관 출판예정도서목록(CIP)은 서지정보유통지원시스템 홈페이지(http://seoji.nl.go.kr)와
국가자료공동목록시스템(http://www.nl.go.kr/kolisnet)에서 이용하실 수 있습니다.
(CIP제어번호: CIP2018031633)

(주)북랩 성공출판의 파트너

북랩 홈페이지와 패밀리 사이트에서 다양한 출판 솔루션을 만나 보세요!

홈페이지 book.co.kr   •   **블로그** blog.naver.com/essaybook   •   **원고모집** book@book.co.kr

한 가장이 일상에서 실천하는
93가지 작은 정의正義

착하게
사는
지혜

김상백 지음

북랩 book Lab

중국 고전을 읽다가 안지추의 『안씨 가훈』을 접했다. 안 씨 일가의 지혜를 후손들에게 물려주는 내용이었다.

우리 집 가훈은 '착하게 살자'이다. '착하다'는 의미를 한자 '善'에 비유하고 '정의롭다'로 해석하고 있다.

소시민적인 삶을 살아가고 있지만 너희들에게 정의로운 삶을 물려주고 싶은 마음이 강했다. 그리고 그런 삶을 살려고 노력은 했지만 그렇지 못한 날도 많았다. 그럴 때마다 '착하게 살자'를 떠올리며 작은 정의를 실천하려고 마음을 다잡았다. 그리고 나의 세대에서 우리 가족 주변에서 일어난 그런 일들을 책으로 엮어서 너희들에게 물려주면, 너희들은 너희들의 세대에서 실천한 착한 삶을 너희들의 자식에게 물려주면 좋겠다는 욕심도 생겼다.

큰아들 태완아!

대학 들어갈 때 그때까지 정리한 글을 제본하여 선물하면서 동생 용하가 대학에 갈 때도 책으로 만들어 선물하겠다고 했지?

약속보다 서둘러 책을 만든 것은 용하의 대학 진학에 영향을 주고 싶지 않았고 영향을 받고 싶지도 않았기 때문이란다. 우리 가족이 생각하는 착한 삶을 학력과 학벌에 의한 출세지향적인 삶과는 거리를 두고 싶었기 때문이다.

할아버지, 할머니, 어머니, 아버지, 주변인들의 착한 삶을 아버지의 글로 옮겼으니 글에서 아버지의 냄새가 날 것이다. 하지만 너희들이 알고 있는 그분들의 삶으로 읽어주기 바란다. 그리고 너희들의 삶이 착하기를 바란다.

'착하게 살자'가 우리 집안의 영원한 가훈이 되기를 바란다.

서로 노력하자.

2018년 8월 진영역에서 퇴근 기차를 기다리며

어머니

아버지

이웃들

너희들이 뵌 적 없는
할아버지

할아버지 기일이다

음력 11월 25일은 할아버지 기일이다. 나의 아버지, 너희들의 할아버지.

아침 일찍 엄마와 너희들은 제사 준비로 바쁜데도 거든다고 거들어보지만 이런 날이면 미안할 뿐이다. 한편으론 '너희 엄마 같은 사람을 만나지 못했으면 어떠했을까?' 하는 생각을 해보면 앞이 캄캄하다.

많은 나이가 아닌데도 가끔 너희들의 할아버지가 보고 싶을 때가 있다. 너희들에게 좋은 일이 있을 때면 더욱 그렇다. 설명이 되지 않는 그리움이다.

그 그리움으로 너희들의 할아버지께 여러 가지 소식을 전하고 싶다.

엄마는 잘 지내고 있습니다.

작년 봄에 집안일 거든다고 꿈적거리다가 엉덩이뼈가 주저앉아서 큰 고생을 했습니다. 집사람과 누나, 동생이 고생을 많이 했습니다. 아버지도 아시다시피 엄마는 고집이 셉니다. 감당할 수 없는 것 아시지예? 요즘은 좀 누그러진 것 같은데 여전합니다.

오랫동안 병석에 계시다가 일찍 떠나신 아버지에게 잘못한 것이 너무 많아서 후회하고 반성하는 마음으로 엄마에게 애는 쓰지만 늘 후회의 연속입니다. 아직까지 철이 덜 든 것인지? 원래부터 이 모양밖에 안 되는 것인지? 살갑게 대하지 못하는 제가 답답합니다. 더 노력하겠습니다.

얼굴도 모르는 며느리는 훌륭합니다.

엄마 잘 모시고, 두 아들에게 더없이 좋은 엄마이고, 저에게는 없으면 안 되는 아내이자 친구입니다.

제가 아주 큰 복을 타고난 모양입니다. 늘 고마운 마음 잊지 않으려 합니다. 장모님도 요양원에 계신데, 엄마 모신다고 자주 못 가고 저도 제 보잘것없는 삶을 산다고 잊을 때가 많아서 많이 미안합니다. 혹시 아버지께서 능력이 되신다면 장모님 건강하게 오랫동안 사시도록 애를 많이 써주이소.

큰 손자는 작년에 대학 가서 잘 지냅니다.

기숙사에 있었는데 2학년부터 있을 수 없게 되어 이번 달 초에 원룸을 구했습니다. 필요한 물건들을 차에 싣고 서울로 가는 중에, 첫 발령을 받아 이사하던 생각이 났습니다. 아버지께선 병석에 계시고 엄마는 병간호하신다고 동네 형님 트럭에 짐을 실으며 떠나는 제게 이런저런 당부 말씀을 주셨습니다. 하지만 그 당시에는 귀에 들리지 않고 발령을 받은 기쁨과 혼자 살 집으로 간다는 설렘으로 가득 찼습니다. 부모 속도 모르고 참 철없는 아들이었습니다.

둘째 손자는 이제 고 3이 됩니다.

2학년 때 많이 놀더니 1학년 때보다 성적이 잘 안 나왔습니다. 하지만 첫째처럼 자기가 하고 싶은 것이 있으니 큰 걱정은 안 합니다. 아버지가 저에게 하신 것처럼 지 일 지가 알아서 하니 '공부하라.' 말도 안 합니다. '하고 싶은 것 있으면 네가 하는 것이니 후회 없이 하라.'는 말만 합니다. 부모 눈치 보지 말라고 합니다. 네가 하고 싶어 하는 것은 늘 응원한다고 합니다.

그래도 떨어진 성적 때문인지 지난 주말에는 잘 안 가는 독서실에도 나가는 것 같았습니다.

우리 아파트의 다른 동에 사는 누나는 당뇨 합병증으로 고생을 합니다. 자형이 돌아가신 이후로 홀로 계신 안사돈을 모시고 사는데 이만저만 걱정이 아닙니다. 다 큰 조카 둘도 철이 빨리 들면 좋겠는데 아직은 그렇지 못한가 봅니다. 아버지의 능력으로 많이 도와주이소.

동생은 결혼도 안 하고 삽니다.

결혼을 안 한다는 말은 안 하는데 어쩔 건지 엄마가 걱정이 많았습니다만, 이제는 포기한 것 같습니다. 이쁜 얼굴에 살만 좀 빼면 지금이라도 추파 던지는 남자들이 제법 있을 건데, 좋은 직장에 아파트도 구해서 혼자 살면서 올해는 살 좀 빼서 결혼하면 좋겠습니다. 그래서 저도 명절이면 매제와 웃으면서 술 한 잔 기울이고 싶습니다.

그런데 좋은 점도 있습니다. 조카들 일에 부모보다 잘나서고 귀찮은 일도 척척 해결해 줍니다. 용돈도 많이 잘 주고, 데리고 다니면서 쇼핑도 잘 합니다. 두 아들은 은근히 고모가 결혼 안 하기를 바라는 것 같기도 합니다. 그래도 제 마음은 결혼 빨리하면 좋겠습니다.

아버지, 두 아들이 커가니 아버지가 저에게 하셨던 일들과 많은 부분이 겹쳐지는 것을 느낍니다. 그리고 그때 아버지의 마음이 어떠했을지 간접적으로 느낍니다.

마음이 아플 때가 많습니다. 그리고 가끔은 제 자신이 대견할 때도 있습니다.

잘 해드리지는 못하지만 비교적 편안하게 어머니 모시고 있고, 주변 사람들이 부러워하는 좋은 아내와 소박하게 살면서 두 아들은 남들이 약간 부러워할 정도로 잘 자라고 있습니다. 저도 앞서지는 못하지만 남 가는 대로 잘 따라가고 있습니다. 앞으로도 큰 욕심 없이 소소한 즐거움 나누며 살 생각입니다. 이 정도면 잘 사는 것 맞지예?

올해도 별일 없이 잘 살아서 소소한 소식들을 내년에 전하겠습니다.

2018년 1월 11일

아들 올림

두 아들!

할아버지는 우리나라 현대사의 증인이시다. 그만큼 아픔도 많은 분이시고 한 많은 세상을 억울하게 살다간 분이기도 하다.

아버지는 철없는 어린 나이에 할아버지의 삶을 이해하지 못했고 때로는 부끄러워한 적도 있다. 지금 생각하면 후회되고 후회된다.

아주 가끔 할아버지 산소에 같이 가자고 하면 너희들이 대견하고 우리 가족이 행복하여 할아버지가 보고 싶은 것이라고 이해해주면 좋겠다. 같이 가주면 더 좋겠다.

할아버지는 좋은 분이셨다.

나에게는 여전히 좋은 분이다.

제사 마치고 막걸리 한잔하고 취해서 잘란다.

지게와 송구

엊그제가 한가위였다. 너희들도 알다시피 우리 집의 명절은 한가한 편이다. 일가친척이 적고 할아버지 차례만 지내면 되기 때문이다. 성묘도 가까운 거리에 있는 할아버지 산소만 가면 된다. 예전에는 명절이 되면 심심해서 일가친척이 많은 친구가 많이 부러웠다. 이제는 너희들이 있어서 그렇게 심심하지도 않고, 조용한 것도 좋고, 어머니 일도 적어서 여유가 있어서 좋다. 가족끼리 영화보는 것이 우리 집 명절의 전통이 되어가는 것도 좋다.

물론 아쉬운 것도 있다. 할아버지가 살아계셨으면 훌륭하게 자라는 너희들 모습 보시며 얼마나 대견해 하셨을까? 예전보다 자주 할아버지에 대한 추억이 불쑥불쑥 튀어나온다.

초등학교 입학하기 전에 할아버지와 밭에 자주 갔다.
갈 때마다 할아버지는 지게에 나를 태워 주셨다.
할아버지의 아픈 다리 때문에 지게가 덜컹할 때마다 어찌나 재미가 있든지… 하늘 보고 까르르 웃으면 일부러 아픈 다리를 더 절뚝이며 덜

컹하신다. 밭 어귀에 지게를 살며시 내려놓고는 소나무 새순으로 송구를 만들어 주셨다. 떫으면서도 달짝지근한 그 맛이 좋았다. 몸집이 커져서 지게를 타지 않고 밭에 가도 송구를 해달라고 졸랐다.

그 날도 여느 날과 마찬가지로 송구를 해달랬더니 맛도 없는 것 왜 자꾸 해달라고 하느냐며 짜증을 내셨다.

그 날 이후로 송구와도 이별이었다.

아마 없는 살림에 송구를 먹이는 것이 가슴 아프셨을지도 모르겠다.

나는 그냥 송구 맛이 좋았다.

송구처럼 매끈한 얼굴의 할아버지셨는데….

그러면 좋겠다.

너희들이 결혼하고 아이 낳아서 지금보다 약간 북적이는 명절이 되면 좋겠다. 기본적인 차례상과 간단한 다과로 이야기꽃 피우는 명절이 되면 좋겠다.

힘들고 괴로워서 얼굴 피하는 명절보다 힘들고 괴로움을 함께 나누고 격려하고 위로하는 명절이 되면 좋겠다.

영화 보는 전통도 계속 이어지면 좋겠다.

일하는 명절보다 휴식과 힐링 하는 명절 되면 좋겠다.

함께 웃고 즐기는 우리 집만의 명절을 만들자.

나는 충분히 준비되어 있다.

괜히 너희들이 고집 피우지 마라.

*송구: 소나무의 순을 잘라 겉껍질을 벗겨내고 수액이 남아있는 얇은 막으로 먹을 수 있다.

남 이야기 함부로 하지 마라

지금 너희들과 함께 살고 있는 할머니는 고생을 많이 했다. 할아버지는 노는 것이 좋아서 동네에서 봄·가을에 놀러 가는 행사에 빠지지 않았고, 개천예술제를 비롯한 지역의 축제에도 빠지지 않았다. 그리고 정촌면 일대의 경조사에도 빠지지 않았다. 그리고 할아버지가 빠진 집안일과 농사일은 늘 할머니가 다했다. 그래서 싸움이 끊이지 않았다. 농사일을 하다가도 싸웠고, 밥을 먹다가 상을 엎는 것도 예사였다. 너희들이 사는 시대에는 상상도 못할 일이지만 그때는 거의 그랬다. 아마 너희 외할아버지도 그랬을 것이다. 직접적인 원인은 할머니의 잔소리였지만, 근본 원인은 할아버지의 잘못이었다.

그런데 할아버지도 할머니에게 불만이 있었다. 할머니가 남의 이야기를 너무 자주 하는 것이었다. 그것도 본 일이 아니고 남에게 들은 이야기를 쉽게 한다는 것이었다. 하지 말라고 이야기를 했지만 끊임없이 했다. 뒤에는 포기하고 듣기만 했지만 듣는 내내 불편해 하셨다.

세상일이라는 것이 생각하고 보는 관점에 따라 다르다. 내가 직접 본

것도 진실이 아닐 수가 있다. 하물며 남의 이야기를 진실로 받아들여 옮기는 것은 이야기 속의 사람에게 큰 상처가 될 수 있다. 그리고 나도 큰 낭패를 볼 수 있다. 그러나 등 뒤에서 남 욕하는 것도 사람의 즐거움 중에 하나이니 다른 사람의 이야기 안 할 수도, 안 들을 수도 없다.

하지만 가려야 한다. 남에게 이야기를 듣되 함부로 옮기면 안 된다. 꼭 옮겨야 된다면 여러 사람의 이야기를 듣고 사실로 판단되는 부분만 옮겨야 된다.

나와 관계된 남의 이야기를 전할 때도 악의적으로 편집해서 말하면 안 된다. 그냥 속풀이 할 정도가 적당하지 음해하거나 쓸데없는 오해를 불러일으켜 상대방이 낭패를 당할 이야기를 하면 안 된다. 특히 인신공격은 절대 하면 안 된다.

아울러 남도 내 얘기를 할 수 있음을 인정해야 한다. 다른 사람을 통해 내 이야기 들었는데 큰 문제가 없는 내용이면 그냥 넘어가거라. 일일이 변명할 필요가 없다. 괜히 또 다른 이야깃거리를 만들어낼 뿐이다.

그렇다고 남의 이야깃거리가 되지 않기 위해 소심하게 행동하지 마라. 남 이야기 좋아하는 사람은 반드시 있다. 그 사람들의 기준에 너희들을 맞추지 말고 공공성과 보편성에 맞추면 남들이 말하는 너희들의 이야기가 문제 되지 않는다. 그리고 잘못했으면 욕 듣는 것도 당연한 것이다. 반성의 기회로 삼으면 된다. 남 이야기에 일일이 대꾸하지 말고 일희일비하지 마라.

남 이야기 함부로 옮기지 말고 함부로 하지도 마라.

그리고 공공성과 보편성에 맞추어 일관된 삶을 살면 너희들에 대한 남들의 이야기도 문제 되지 않는다. 당당하게 소신껏 행동해라.

하고 싶은 것 꼭 해라

1월 4일이 할아버지의 제사였다. 너희들이 태어나기 전에 할아버지가 돌아가신 것이 무척 안타깝다. 아버지가 결혼했을 때와 너희들이 태어났을 때는 할아버지가 많이 보고 싶었다. 지금도 너희들이 잘 자라는 것을 보면, 할아버지가 계셨다면 정말 좋아하셨을 것이라는 생각을 한다. 그리고 이런 이야기도 들려주셨을 것이다.

먼저 할아버지는 일제강점기와 6.25전쟁을 겪었다. 할아버지의 국민학교(초등학교) 시절은 일제강점기였다. 현재 시골의 큰할머니 댁에서 국민학교를 다녔다. 지금 경남정보고등학교 자리가 정촌 국민학교 자리였는데 집에서 꽤 먼 거리지만 학교를 다니는 것이 좋아서 즐겁게 뛰어다녔다. 가정 형편이 어려워 도시락을 준비할 수 없어서 아침밥을 아껴서 칡 이파리에 싸 다녔다. 이것마저 없을 때에는 굶었다. 그래도 좋았다. 배우는 것이 좋았다.

하지만 다른 식구들의 생각은 달랐다. 없는 살림에 학교 다닌다고 구박이 끊이지 않았다. 어떨 때는 학교 가지 못하게 하기 위해 아침밥도 주지 않았다. 그러면 자연스럽게 점심 도시락도 챙기지 못하니 학교에 가지 못할 것이라는 생각을 한 거겠지. 하지만 계속 다녔다. 그 당시에는 국민학교 3학년에서 시험을 치면 바로 5학년인가? 6학년으로 월반하는 제도가 있었다. 이 시험을 치를 때까지 어떤 고난이 있어도 학교를 다녀야만 했다. 그래서 국민학교를 꼭 마치고 싶었다.

그러나 끝내 이루지 못 했다. 가족들의 반대와 구박이 너무 심해서 다닐 수가 없었다. 그런데 포기가 되지 않았다. 할아버지가 눈을 감을 때까지 후회가 되었다. 그래서 틈만 나면 네 애비에게 그때의 아쉬움을 전했다. 그리고 후회 없이 하고 싶은 것을 하라고 했다. 하지만 네 애비도 후회 없이 하고 싶은 것을 할 가정형편이 되지 않았다. 그래서 중학교 때에 가정형편을 고려하여 집 근처에 있고, 직장 확실하고, 전액 장학금을 받는 교육대학교로 진로를 정해줬다. 미안한 마음이 들었지만 어쩔 수 없는 선택이었다. 안타까운 것은 네 애비가 그 진로에 실망을 했는지, 만족을 했는지는 잘 모르겠지만 더 이상 노력을 하지 않더라. 또 네 애비가 하고 싶은 것에 대해서도 말하지 않더라. 가정형편을 미리 짐작하여 말하지 않았는지도 모르겠다. 분명한 것은 그 당시에 그나마 네 애비가 대학을 갈 수 있는 길이었고, 이것도 가족들의 희생이 있었기 때문에 가능했다.

아마 네 애비가 할아버지의 심정을 조금이라도 헤아렸다면 너희들에게 하고 싶은 것 꼭 하라고 이야기할 것이다. 하지 않고 후회하는 것하고 해보고 후회하는 것 중에서 하지 않고 후회하는 것은 죽을 때까지 후회가 된다. 이런 후회를 내 손자들은 안 하면 좋겠다. 그리고 도저히 이룰 수 없는 꿈이라면 깨끗이 포기해라. 미련을 두면 둘수록 너희들의 삶도 망가지고 가족들도 불행해진다. 하지만 도전하는 용기가 없어서 환경을 핑계 삼아 변명하지 마라. 너희들의 삶도 초라해지고 가족들도 너희들의 하소연에 진저리가 날 것이다.

하고 싶은 것 꼭 하거라.

과감하게 도전해라. 지금 하지 않으면 죽는 순간까지 후회한다.

할머니

서울이 얼마나 무서운지 아나?

"서울이 얼마나 무서운 곳인데 천지도 모르고 돌아다니도록 놔두노?"

할머니의 걱정이다. 내가 모르는 소리 좀 하지 말라고 짜증을 부리지만 할머니의 걱정은 가시지 않는다. 이 소리를 듣고 있던 둘째 용하가 "형은 이제 서울에서 살아야 되는데…" 하면서 할머니의 걱정이 부질없음을 꼬집는다.

할머니는 세상 걱정을 다하시는 분이다. 아니, 없는 걱정도 만드는 분이다. 좋은 일이 생기면 축하보다 걱정을 먼저 하시는 분이다. 그래서 어떤 때는 너희들에게 미안할 정도로 할머니께 짜증을 부리지만 할머니의 걱정 타령은 멈추지 않는다.

나는 이해한다. 내가 너희들과 같은 나이일 때 우리 집은 가난했다. 그래서 모든 것이 걱정거리였다. 돈이 없어서 잘하는 것도 뒷감당을 못하니 걱정거리였다. 그리고 그 걱정이 밑천이 되어 지금의 우리가 있다. 그래서 이해한다. 하지만 지쳐있는 날은 이해보다 짜증이 앞선다. 너희들에게 미안할 뿐이다.

서울이 무서운 곳이라는 할머니의 말씀 틀리지 않다. 낯설고 새로운 공간은 언제나 무섭다. 어떤 이는 설렘이 앞선다고 하지만 그것은 낯선 새로움에 대한 준비가 되어 있을 때 일어나는 감정이다. 준비가 되어 있지 않다면 무서워해야 된다. 조심해야 된다. 선부른 판단보다 상황을 잘 살펴서 결정해야 된다. 알량한 자존심으로 무모함이 시작되면 혹독한 시련을 맛봐야 한다.

모름을 인정하고 물어야 한다. 모름을 인정하는 것을 부끄러워하면 안 된다. 모름을 숨겨서 큰 화를 자초하는 것보다 모름을 드러내는 것이 현명하다. 경험하지 못한 공간에서의 생소한 생활은 모름의 연속이다. 모르는 것이 당당한 것도 아니지만 부끄러운 것도 아니다. 정중하고 품위 있게 물어라. 그리고 진실된 마음으로 정중하게 대답하는 사람과 친구가 되어라.

무시하고 배려가 없는 사람과는 거리를 두어라. 처음 보는 사람의 부족함에 측은지심을 느끼지 못하는 사람의 일상에서 배려를 기대할 수 없을 것이다.

아들! 큰 걱정은 하지 않는다. 진취적이고 도전적인 네 삶을 알기에 더욱 그렇다. 그러나 부모인지라 자신감이 자만심으로 이어질까 걱정이다.

할머니의 무서운 서울 타령을 잊지 말고 건강한 생활되기를 바란다.

그리고 힘들면 언제든지 집으로 와서 쉬어라.

엄마와 함께 응원한다.

할머니의 말투

할머니와 할아버지가 밭에 나가면 싸우지 않는 날이 없었다. 근본적으로는 할아버지가 술을 많이 드시는 것이 문제였다. 그러나 싸움으로 번지는 이유는 할머니의 말투였다. 좋은 말들이 많은데 왜 그렇게 화를 돋우는 말을 하는지….

할아버지가 일찍 돌아가셔서 마음이 많이 아프다. 특히 너희들이 인자하신 할아버지의 모습을 보지 못하고 자란 것이 못내 아쉽고 슬프다. 그래서 할머니에게 잘 해드려야겠다고 다짐하고 다짐한다. 그런데 번번이 할머니의 기분 나쁜 말투 때문에 버럭하고 만다. 너희들에게 정말 미안하다.

나보다 너희 엄마가 더 마음고생이다. 집안일을 할 때 할머니와 의견충돌이 있는데 그럴 때마다 할머니가 너희 어머니 가슴에 비수를 꽂는다. 내가 들어도 해서는 안 될 말이다.

가만히 할머니의 말투와 얼굴을 살펴보면 악의는 없는 것 같고, 그런 말을 하면 다른 사람의 마음이 어떨지를 생각 못 하는 것 같다.

할머니는 억척스럽게 사셨다. 술과 노는 것을 많이 좋아하시고 다리까지 아파서 농사일을 제대로 하지 못하신 할아버지와 사시면서 자식까지 키우느라고 정말 고생하셨다. 한 푼이라도 아끼신다고 다른 사람과 어울리지도 않았다. 여유가 있는 지금도 오직 가족만 바라보신다. 이런 이유로 다른 사람과 소통하는 것이 많이 서투신 것 같다.

당신의 삶보다 아들을 위한 삶, 우리 가족을 위한 삶을 사셨다. 당신의 감정 전달과 공감 능력이 퇴화되시는 것도 모르고….

너희들에게 부탁한다.

할머니가 불쑥불쑥 너희들을 자극할 때가 있다. 화가 날 만하다. 그러나 할머니의 마음은 그렇지 않다. 그럴 경우에 숨 한 번 크게 쉬고 할머니를 이해해라. 할머니의 말투는 고칠 수 없다.

그리고 간혹 내가 할머니에게 화를 낼 때가 있는데 이것도 이해 좀 해다오. 잘 고쳐지지 않는다.

남을 자극하는 말은 하지 마라.

상대방의 말에 기분 상했다고 나까지 그렇게 할 필요는 없다. 상대방을 화나게 해서 좋을 일 하나 없다. 나를 위해서다.

문학작품을 많이 읽어라.

감정을 전달할 알맞은 우리말을 몰라서 서로에게 상처를 주는 경우가 있다. 문학작품이 해결해줄 것이다. 문학작품이 너희들의 감정을 풍부하고 부드럽게 할 것이다.

말로 상처 주는 삶을 살지 말자.

상대방의 아픔을 말로 포근하게 안아주는 삶을 살자.

노력 많이 하자. 지금처럼….

할머니와 빨래

오전 10시가 조금 넘었는데 아파트 실내 온도가 33도를 넘고 있다.

거실에 누워 있는데 등과 바닥 사이에서 땀이 삐질삐질 한다.

들어오는 바람마저 숨이 턱턱 막힌다.

안되겠다. 에어컨을 켜야겠다.

아~! 할머니께서 베란다로 가신다.

빨래를 하실 모양이다.

한 마디 하고 싶다.

빨랫감 모았다가 세탁기 돌리면 되는데 이 더위에 왜 손빨래를 하시려 하는지….

짜증이 났지만 삼켰다.

엄마는 할머니의 빨래 사랑 때문에 스트레스를 많이 받는다.

빨랫감을 모아서 세탁기 돌리려고 빨래통에 담아 놓으면 어느 순간 할머니가 베란다에서 손빨래를 하신다.

"하~지 마시라! 하지 마시라!" 해도 소용이 없다.

할머니는 양쪽 고관절 수술을 하셨다.

허리를 굽히거나, 쪼그리고 앉거나, 앉았다 일어났다를 반복하면 안 된다.

그래서 나와 엄마가 할머니의 손빨래를 말리는데도 틈만 나면 하신다.

이젠 그냥 둔다. 어쩔 수가 없다.

우리 집은 가난했다.

옷과 신발은 특별한 날에 샀다.

어느 날 할머니가 윗옷을 제법 사 오셨는데 제대로 된 것이 없었다.

소매길이가 다르거나 단추가 다르거나 등등 이상했다.

고래고래 소리치며 할머니께 짜증을 냈다.

새벽녘의 첫차로 운전사 눈치 보며 열무 몇 보따리 겨우 싣고 살을 파고드는 시장 땡볕과 손님들의 볼멘 소리를 참아내신 돈으로 싸게 샀다고 자랑했는데….

할아버지 점심 챙겨 드린다고 차 시간에 쫓겨 미처 확인하지 못하셨을 것이다.

내 짜증에 할머니도 잠시 눈의 초점이 흐려지시더니 옷을 주섬주섬 모으며 내일 바꿀 것이란다.

할아버지가 옷을 던지며 그냥 입으란다.

내일 시장에 옷 장사가 있을 리가 있겠는가?

눈치 빠른 큰 고모가 나를 밀치고 예쁘다며 소매 걷고 입으면 되겠다고 거든다.

그 당시 시골살이가 다 그렇지 않았을까?

할머니는 옷을 깨끗이 입어야 한다는 생각이 강했다.

옷에 작은 얼룩이라도 있으면 바로 벗기고 다른 옷을 입히셨다.

좋은 옷은 없었지만 항상 깨끗했다.

첫 발령을 받고 맞이한 첫 주말에도 어김없이 하얀 셔츠가 빨랫줄에 널렸다.

할머니는 옷이 깨끗하고 단정해야 좋은 인상을 남긴다고 생각하신다.

옳다. 나도 그렇게 생각한다.

단지 할머니의 건강이 걱정될 뿐이다.

요즘 할머니가 주말만을 기다린다.

너희들이 기숙사에서 빨랫감을 가져오는 날이니까?

주말이 흐리거나 비가 오면 걱정이 이만저만이 아니다.

너희들이 장기간 어디 가 있으면 밥걱정과 빨래걱정을 항상 하신다.

어쩔 때는 엄마에게 화를 내며 옷은 충분히 잘 챙겨주었는지 투정을 부리기도 한다.

엄마만 곤란하다.

빨래에 중독된 할머니가 걱정된다.

몸이 탈날까 봐 걱정된다.

베란다 빨래 확인하러 또 나가신다.

모른 척하련다.

외로워서 기다린다

아버지는 개인주의적인 성향이 강하다. 그래서 친척이나 가족에 대한 애틋한 그리움과 정이 많이 부족하다. 그리고 간혹 위로받고 싶거나 편안하게 이야기할 거리가 생기면 가족보다는 친구를 먼저 찾는다. 이런 아버지를 보고 할아버지와 할머니가 많이 속상했을 것이라는 짐작은 했지만, 짐작한 대로 따르지 않았다. 그리고 다 이해해주실 것이라는 강한 믿음을 막연히 갖고 있었다.

오랫동안 병을 앓고 계시던 할아버지가 돌아가신 후에도 아버지는 집과 가까이 있는 곳에서 자취생활을 하고 있었다. 물론 교통이 불편한 것이 첫 이유였지만 혼자 생활하는 것이 좋았기 때문이다. 주말이면 주변의 친구들은 들뜬 마음으로 집으로 갔지만 아버지는 그렇게 하지 않았다. 그러면서 외로운 주말을 보냈다. 때로는 외로운 주말이 싫어서 많은 일들을 찾아다녔다. 그 많은 일들 덕분에 지금 행복한 것도 있지만 그때에는 미래의 행복보다 외로움을 숨기기 위한 포장이었다.

명절에 오랜만에 집에 온 적이 있었다. 할머니께서 무척 좋아하셨다.

명절 다음 날 자취방으로 가려고 했는데, 이웃집 아주머니가 조용히 아버지에게 말씀하셨다.

"백아! 네 엄마 주말마다 우는 것 아냐?"
"왜요?"
"외로워서 운단다."
"백이 너를 기다리면서 운단다."
"기다리는데 오늘도 안 와서 운단다."
"네 엄마 많이 외롭단다. 그래서 너 기다린다."

농사일보다 놀기를 좋아하신 할아버지 때문에 억척스럽고 때로는 모질다는 소릴 들어가며 가정을 꾸린 할머니였기에 순간 멍했다. 그리고 이웃집 아주머니에게 이런 소릴 들어야 하는 아버지가 부끄러워서 주저리주저리 핑계를 댔는데 어떻게 헤어졌는지 모르겠더라. 눈을 뜨니 자취방에 와 있었다.

오랫동안 생각을 했다. 집으로 돌아가면 생길 불편함을 생각하니 쉽게 자취생활을 마감하기 어려웠다. 하지만 이웃집 아주머니의 말이 자꾸 생각나 어쩔 수 없이 집으로 돌아왔다.

너희들 엄마의 희생과 배려로 지금까지 할머니와 함께 살지만 지금도 그 이웃집 아주머니의 말이 맴돈다. 아버지가 술을 먹은 후에 집에 갈 때나 아니면 뜬금없이, 할머니가 좋아하시는 음식을 사 갈 때에는 그 이웃집 아주머니의 말이 생각났기 때문이다.

지금은 가족이 보고 싶고 그냥 생각나면 바로바로 전화하고 문자 보낸다. 이것저것 생각한 뒤에 전화 하거나 문자를 보내지 않는다. 조금이라도 챙겨주고 싶고 말하고 싶은 생각이 들면 그렇게 한다. 이것이 기다리는 가족에 대한 외로움을 달래는 제일 좋은 선물이라는 아버지 나름대로의 확신이기 때문이다.

어떨 때는 아버지가 의도하지 않게 늦을 때가 있다. 꼭 엄마에게 문자나 전화해서 어디에 있으며 언제쯤 집에 갈 것 같다고 이야기한다. 이런 나를 보고 친구들은 엄마에게 잡혀 사는 것이 아니냐고 놀리지만 아버지는 기다리는 사람의 외로운 마음만 생각하고 이런 장난에 신경 쓰지 않는다.

두 아들! 가족은 외로워서 기다리는 경우가 많다. 기다리는 사람의 외로움을 달래주는 가장 좋은 방법은 생각날 때 이것저것 따지지 말고 그냥 행동으로 옮기는 것이다.

'술 좀 먹고 힘들어서 전화하면 어때.'

'요즘 되는 일이 없어서 힘들다고 말하면 어때.'

'여자 친구가 헤어져서 힘들다고 문자 남기면 어때.'

'이런 일을 하면 행복하겠다고 말하면 어때.'

'그냥 잘 지내시냐고 궁금해서 전화했다고 말하면 어때.'

이것저것 따지는 시간만큼 기다리는 사람의 외로움도 커진다.

외로워서 기다리는 가족을 위해 이것저것 따지지 말자.

우리는 가족이다.

여치와 어머니

여치다.

갈색이다.

팔팔한 초록을 버린 힘 잃은 갈색이다.

다리 하나도 초록과 함께 버렸다.

어머니 목발을 빌려줘야 하나?

짧은 가을에 목발이 뭔 소용일까마는.

여치야

네가 어머니다.

초록 청춘 우리 위해 다 바치고.

짧은 가을 목발로 버티신다.

나는 여전히 철이 없고.

어머니

도서관은 정말 좋은 곳이다

엄마는 책을 별로 읽지 않는다. 하지만 책을 많이 읽어야 하는 이유와 그 이로움은 그 어떤 사람보다 많이 알고 있다. 그래서 두 아들에게 어릴 적부터 책을 많이 읽도록 하고 싶었다. 다행히 아버지는 다른 사람보다 책을 많이 읽는 편이어서 내 뜻을 존중해 주었다.

아주 어렸을 때에는 그림책과 그림이 많은 동화책을 읽어주기도 하고, 들려주기도 했다. 두 아들이 나를 닮지 않았는지 히죽히죽 웃으면서 제법 잘 들어 주었다. 어찌나 귀여웠던지 지금도 엊그제 일처럼 눈앞에 그려진다.

너희들이 초등학교에 들어가면서 집 근처에 있는 도서관을 자주 데려갔다. 엄마는 너희들에게 다양하고 많은 책들이 있음을 알려 주고 싶었다. 그리고 책을 읽는 사람도 많다는 것을 자연스럽게 깨우쳐 주고 싶었다. 또 아버지는 너희들이 궁금한 것은 너희들 스스로 책을 통해서 해결하는 능력을 심어주고 싶었다.

지금 너희들이 지역 도서관에서 책을 빌리고, 과제도 해결하고, 시험 기간 중에는 공부하는 장소로 활용하는 것을 보면 아주 일찍 도서관에 데려간 보람을 느낀다.

　꼭 필요한 경우만 학원을 다니고 대부분의 학교 공부를 자기주도적으로 해결하는 좋은 습관도 어릴 적 도서관에 데려갔기 때문이라고 생각한다. 특히 용하는 독서동아리에서 활동한 것이 자기 주도적 학습을 잘하는 계기가 된 것 같더라.

　그리고 너희들이 도서관을 활용하니 집안 살림살이에 많은 보탬이 된다. 아빠가 책을 많이 읽는 것은 좋은데 새 책을 사서 모으는 취미가 있다. 어떤 경우는 박스 단위로 사는데, 들어가는 돈이 장난이 아닌 것 같더라. 아마 웬만한 좋은 차 한 대 뽑을 만큼 책을 샀을 것 같다. 아빠가 좋아해서 말리지는 않지만 한 번만 보고 보지 않는 책도 많은 것 같아서 돈 아깝다는 생각을 자주 한다. 도서관을 이용하면 될 텐데…

　결혼을 해서 아이들이 생기면 놀이터처럼 도서관에 데리고 다녀라. 요즘도 도서관이 문화와 교육의 복합적인 장소이고 시설도 엄청 좋은데, 너희 아이들의 시대는 엄청나게 진화된 도서관이 되어 있을 것이다.

　아이에게 책을 자꾸 읽으라고 종용하면 부작용만 생긴다. 어릴 적에 도서관을 데리고 다니면서 책을 습관적으로 대하는 경험을 심어주도록 해라. 자연스럽게 책의 필요성을 느끼게 하여라. 그러면 스스로 책을 읽기 시작한다. 아울러 자기주도적 학습 방법도 익힐 수 있다. 그리고 가끔 무슨 책 읽고 있는지 물어 보아라.

혹 아버지를 닮아서 새 책을 모으는 취미가 있으면 그냥 두어라. 잔소리 한다고 고쳐지는 병이 아니다.

도서관은 정말 좋은 곳이다.

스마트폰과 이어폰은 호주머니로

저녁 운동을 가는 데 같이 걷던 너희 아버지가 갑자기 걸음을 빨리하며 앞서 가버렸다. 의아하기도 하고 화가 나서 집에 돌아와서도 말도 안 하는 아버지에게 나도 말을 걸지 않았다.

다음 날 막걸리를 한 잔 하는데 아버지가 빨리 간 이유를 이야기했다. 내가 음악을 듣기 위해 이어폰을 귀에 꽂았는데 아버지는 대화를 하지 않겠다는 의미로 받아들여서 빨리 갔다는 것이다. 하지만 나는 잠시 듣다가 아버지가 이야기를 하면 이어폰을 뽑을 생각이었는데….

친구들과 이야기할 때 종종 언짢을 때가 있다. 대화를 하면서 끊임없이 스마트폰을 하는 친구들 때문이다. 자기의 이야기를 할 때는 멈추었다가 다른 친구들이 이야기를 하면 또다시 스마트폰을 가지고 논다. 그만둘 것을 요구하면 다 듣고 있으니 상관하지 말라는 식이다. 그렇지만 이야기 끝나고 각자 해야될 일을 하려 하면 무엇을 해야 되는지 모른다. 그리고 꼭 이런 친구들이 자기가 듣지 않은 잘못보다 다른 사람이 잘 알아듣지 못하게 말을 했다고 억지를 부린다.

공감하고 소통하자고 이야기한다. 그렇게 하는 것이 출세한다고 이야기한다. 물론 그렇다. 하지만 공감과 소통은 어릴 적부터 습관화시키지 않으면 정말 힘이 든다. 어른이 되어 출세하기 위해서, 존경받기 위해서 습관화시키려면 더더욱 그러하다. 그래서 대부분의 사람들은 조금 실천하다가 포기하고 만다. 그리고 말로만 공감하고 소통하자고 주장만 하는 것이다. 공감하고 소통하자고 주장하는 사람들이 모두 실천하고 있다면 우리는 벌써 갈등보다 화합으로 살맛나는 사회에 살고 있을 것이다. 물론 나도 이런 글을 쓰지 않을 것이고.

어릴 적부터 상황에 맞지 않게 습관적으로 스마트폰과 이어폰을 사용하면 안 된다. 다른 사람과 함께할 때는 특히 그렇다. 만약에 대화를 이어가기 위해 스마트폰이 필요하다면 상대방에게 양해를 구해야 된다. 스마트폰과 이어폰이 우리를 편리하게도 하지만 정작 대화의 단절로 이어져 공감과 소통을 방해하는 경우가 더 많다. 너희들 친구들끼리 이야기할 때 귀에 이어폰 꽂고 손에서 스마트폰을 놓지 않는 것을 보면 걱정이 많이 된다.

다른 사람의 말에 맞장구를 치며 이야기를 이어나가는 공감과 소통의 능력, 이것은 절대 하루아침에 습관화되지 않는다. 평소 생활의 반복으로 체득되는 습관이다.

다른 사람을 네 편으로 만들고 싶다면 스마트폰과 이어폰은 호주머니에 넣어라.

포기하면 풍요롭다

채우려면 비워야 한다고 많은 사람들이 이야기한다. 맞는 말이고 정말 좋은 말이며 이 말처럼만 되면 세상이 너무 아름다울 것이다. 그리고 대부분의 사람들은 이 말을 경제적인 의미로만 받아들이지, 우리의 삶에는 잘 연관시키지 않는다.

너희 아버지와 나는 정말 시골 빈농의 자식으로 태어났다. 가진 것 하나 없었다. 결혼할 때도 부모님에게 손 한번 안 벌리고 은행의 힘으로 시작했다. 결혼 초창기에 빌린 은행의 힘, 되돌려준다고 좀 힘들었다. 그리고 지금처럼 살게 되었다.

주변 사람들이 아들들 공부 잘하고, 시어머니가 집안일 많이 도와주고, 하고 싶은 취미생활 다하며 산다고 많이 부러워한다. 그리고 그 비결이 무엇이냐고 묻는다. 그때마다 속에 있는 말 다 하고 싶지만 우리 집만의 특수성이라며 있는 그대로 받아들여 주지 않아서 요즘은 그냥 웃고 만다.

어떤 친구는 좋은 아파트에 이사 간다고, 좋은 차를 타고 다닌다고 자랑한다. 나도 좋은 아파트에 이사 가고 좋은 외제차 타고 싶다. 하지만 그렇게 하면 지금 모시고 있는 할머니가 불편하고, 지금 내가 누리고 있는 그나마 풍요로운 생활을 포기해야 한다. 왜냐하면 은행의 힘을 빌려야 하기 때문이다. 그리고 아버지와 나는 부모님에게 받은 재산이 없기 때문에 노후생활에 대한 보장이 없다. 그래서 우리 집의 재테크는 노후에 맞춰져 있다. 이런 이유로 아버지와 나의 선택은 '아파트가 조금 불편해도 할머니와 노후의 풍요로운 전원생활을 위해 참자.', '좋은 외제차 탈수는 있지만 지금 나이에 누릴 수 있는 인생의 풍요로움을 위해 포기하자.' 했다.

지금 우리 가족을 부러워하는 많은 사람들의 대부분은 결혼 초창기에 할머니를 모시고 산다고 얼마나 불편하냐며 자신들의 편리를 뽐내곤 했다. 어떤 이들은 노골적으로 시어머니와 떨어져 살라고 했다.

하지만 그럴 형편이 안 되었다. 그리고 그 덕분에 직장생활이 편리한 점도 많았다. 너희들이 어릴 적에 직장에 일이 많아서 늦어도 할머니가 계셔서 걱정이 없었다. 그리고 할머니가 너희들을 어찌나 이뻐하시는지. 그 사랑이 그대로 너희들 몸에 배어 있어서 너희들 또한 선생님들과 어른들로부터 성격 좋다고 많은 칭찬을 받는 것이다. 간혹 할머니와 다툼이 있지만 지금도 좋다. 할머니와 함께해서 친구들 마음대로 만나러 다니고, 좀 늦어도 걱정 없고, 아버지 밥 신경 안 써도 되고 여러 가지로 좋다.

이사를 준비하고 있다. 좋은 아파트가 아닌 바로 옆 라인이다. 너희들에게 좀 미안했지만 지금 현재 우리가 누리고 있는 행복과 풍요로움을 깨기 싫었다. 화려한 겉모습보다 우리 가족의 마음이 번쩍번쩍할 수 있는 선택이었다. 그리고 너희들이 쉽게 이해해줘서 고마웠다.

경제적인 것만 포기해야 새로운 것을 채울 수 있는 것이 아니라, 우리의 인생도 불편한 것이 생기면 그 불편함 덕분에 얻는 행복이 있다. 미래의 행복을 위해 현재의 불편함을 감수할 수 있지만 어떤 것이 더 가치가 있는 선택인지는 진지하게 고민을 해야 한다.

현재 누릴 수 있는 인생의 풍요로움을 체면과 남과 비교하는 잘못으로 포기하지 마라. 그리고 적당히 포기하며 풍요롭게 사는 사람들을 향해 소박하다고, 욕심이 없는 삶을 산다고 단정 짓지 마라. 돈 많고 여건이 여유로우면 좋은 집 사고 좋은 외제차 타고 다니고 싶은 분들이다. 사람 마음 다 똑같다.

나는 너희들이 지금의 나보다 더 여유롭고 풍요로운 생활을 할 것이라고 믿는다. 너희들이 노력하는 모습을 보면 강한 믿음이 생긴다. 그리고 체면과 남과 비교하는 삶의 방식으로 풍요로운 삶을 포기하는 어리석은 선택도 하지 않을 것이라는 믿음도 있다.

체면과 남과 비교하는 삶의 방식을 포기하면 한층 더 여유로운 삶을 즐길 수 있다.

그렇게 살자!

가구는 눈으로 직접 확인하고 구입해라

　오랫동안 고민하고 있었던 이사를 어제 해결했다. 너희들도 알다시피 아버지와 나는 체면보다는 실용이 먼저다. 그래서 값비싼 새 아파트를 구입하는 것보다 할머니께서 불편하지 않고 운동을 좋아하는 아버지와 나를 만족시키는 환경과 너희들의 불편함을 해소시킬 조건의 중고 아파트를 구입하여 전체 리모델링을 하게 되었다.

　아버지가 여러 사람을 만나서 우리 가족이 요구하는 조건을 리모델링에 반영하기 위해 많은 노력을 했다. 그리고 완벽하진 않지만 우리가 요구하는 집이 완성되었다. 물론 가구도 새롭게 구입해야 했기 때문에 이런저런 고민을 하고 있었는데, 우리 집 리모델링 총 책임을 지고 있는 분이 가구공장과 직거래로 구입하면 원하는 가구를 싸게 구입할 수 있다고 해서 그렇게 했다. 물론 싸게 구입했다.

　그런데 이사 당일 파손되고 흠집이 있는 가구가 발견되어 교환 처리한 후 소파를 비롯한 너희들의 책상을 보니 우리가 생각한 것과 재질 및 디자인에 차이가 있었다. 포장을 뜯어내고 설치가 된 상태고, 값을 지불한 상태여서 반품 처리가 곤란하여 그냥 사용하기로 하였다. 너희

아버지는 사용하다가 싫증이 나거나 고장이 나면 마음에 드는 것을 새로 사자고 하였지만 고가의 가구를 그런 식으로 바꾸는 것이 쉽지 않다는 것을 알고 있기에 후회가 많이 되었다.

태용아(태완, 용하)! 다른 것도 직접 눈으로 보고 구입하는 것이 좋겠지만 가구는 직접 눈으로 확인하고 구입하는 것이 좋겠다. 이렇게 하는 것이 비쌀지 모르지만 그 가치로 보면 결코 비싸지 않다고 생각한다. 이번의 일도 리모델링을 책임지는 분이 우리에게 잘 해주려고 그렇게 했는데 결과는 그렇지 못 했다.

아버지와 나는 전원생활을 위해 한 번만 더 이사하면 이제 이사하고는 이별할 것 같지만, 너희들은 직장이나 결혼, 예기치 못한 상황 등으로 이사를 할 일이 자주 있을지 모른다. 이사 그 자체가 귀찮고 힘들어서 중간중간에 꼭 필요한 것들을 잊어버리거나 의견이 달라서 가족끼리 다툼이 생길 수도 있다.

그래서 집 수리를 하거나 이사하기 전에 가족이 모여서 꼼꼼하게 체크리스트를 만든 후 차근차근 점검해 나가면 슬기롭게 해결할 수 있을 것이다. 힘들어서 짜증이 날 때면 가족끼리 싸우기보다는 가족이 원하는 집을 갖추어 수월하게 이사를 하기 위한 것이 목적임을 생각하고 먼 산을 한 번 바라보면 한결 편안해질 것이다.

그리고 가구는 꼭 눈으로 확인하고 구입해라.
그것이 가구를 가치 있게 사는 가장 현명한 방법이다.

불로소득에 눈독 들이지 마라

불로소득에 대해서 나는 아버지와 생각이 좀 다르다. 불로소득은 생산적인 노동에 직접 참여하지 않고 얻는 소득을 말한다. 이자소득부터 로또복권, 아파트 분양 웃돈까지 다양하다. 그리고 우리는 이 불로소득을 얻는 것이 자랑처럼 된 사회에 살고 있다. 그런데 아버지는 노년을 위한 보험과 장기 저축에 의한 이자 외에는 불로소득에 별 관심을 가지지 않는다. 오히려 아파트 분양 웃돈과 같이 필요한 사람이 있는데 남보다 돈이 좀 있거나 법을 잘 안다고 하여 챙겨가는 것에 굉장히 부정적이다.

정상적인 사회라면 아파트는 사람이 살기 위한 공간이지 투기의 목적이 되면 안 되는 것이다. 살고 있는 집이 있는데, 살지도 않을 집을 분양받도록 법이 허용하는 것은 대형 건설사의 손실을 최소화시키면서 진짜로 살 집이 필요한 사람들의 접근을 막는 것이다. 국가에서 국민을 위해 막아야 할 일을 조장하고 있으니 한심하다는 것이 아버지의 주장이다.

그러나 나는 투기에 의한 불로소득을 얻는 것이 죄가 되지 않고, 사회에서 적당하게 불로소득에 대한 욕심을 내는 것은 당연하다고 생각한다. 하지만 나도 불로소득에 욕심을 내지 않는다. 직장생활에 방해되는 것이 싫고, 직장에서 동료가 불로소득 이야기로 시간을 보내는 것을 보면 짜증이 나서 그렇게 하고 싶지 않다.

이렇게 아버지와 생각은 다르지만 같은 것은 있다.

돈을 벌려면 노동을 해라. 노동의 대가로 돈을 벌어라. 그리고 그 소득으로 생활하고 노후를 위해 저축하는 것도 잊지 마라.

불로소득에 관계되는 직업을 갖지 마라. 남의 행복을 빼앗는 일이다. 국가의 잘못을 개인이 바꿀 수는 없지만 동참하지 않는 최소한의 양심적 저항은 할 수 있다.

사람이면 응당 노동을 하는 것이 당연하다. 그리고 노동의 강도에 따라 대가도 응당 달라야 한다. 혹시 너희들이 고용주가 되더라도 노동자의 임금을 장난쳐서 불로소득 얻을 생각은 꿈에도 꾸지 마라. 인간이 하면 안 되는 짓이다.

아들들! 지금처럼만 노력한다면 너희들의 재능으로 얻은 노동의 대가로 충분히 건강하고 행복한 가정 꾸릴 수 있고 자아실현도 할 수 있다.

불로소득에 눈독 들이지 말자.

집안마다 다 다르다

추석이다. 그냥 좋다.

어제 저녁에는 우리 가족이 어김없이 영화를 봤다. 좋았다. 그냥 좋았다.

태완, 용하, 작은 고모와 함께하는 명절은 하루뿐이지만 좋다. 그냥 좋다.

차례상 앞에서 아버지가 여러 가지 이야기를 하던데 가만히 듣고 있는 너희들을 보니 입가에 미소가 절로 생긴다. 좋다. 그냥 좋다.

혹시나 해서 하는 말인데 다른 집의 제사상이나 차례상에 대하여 일절 이야기하지 마라.

얼마 전에 텔레비전에서 차례상 차리는 법은 아무 근거도 없고 그 집안의 형편에 맞게 정성껏 차리면 된다고 하더라. 우리 집은 원래부터 그렇게 했지만….

차례상은 그 집안의 문화다. 옳고 그름의 문제가 아니다. 그래서 간섭을 하지 않는 것이 도리다. 다른 것도 마찬가지다. 집안마다 가진 고유의 생활풍습이 있다. 그것이 나와 맞지 않는다고 틀린 것은 아니다. 가능하면 그 풍습을 따르고 도저히 할 수 없는 것이면 할 수 없는 이유를 예의 바르게 말하고 묵인해라.

차례상을 준비하고 차리는 일이 좀 힘들기는 하지만 예전보다 많이 돕는 너희들의 아버지와 항상 도와주는 작은 고모, 너희들의 작은 보탬 덕분에 조금씩 수월해진다.

서로를 존중하는 우리 집안의 문화를 조용히 이어나가자.
그리고 일상의 작은 행복을 큰 행복으로 받아들이자.
참 좋은 추석이다.
그냥 좋다.

한밤중의 전화

한밤중에 할머니가 태완이의 전화를 받았다. 귀가 어두운 할머니의 큰소리에 너희 아버지가 깨어서 태완이와 통화를 하더구나. 안방으로 들어온 아버지가 잠을 이루지 못하고 이리저리 휴대폰을 만지작거리면서 용하가 태완이에게 '형, 사랑해! 그동안 고마웠어!'라는 메시지를 남겼다며 걱정을 하더구나.

통화가 되지 않는 단말기만 가지고 다니는 용하가 친구와 프로젝트 학습을 한다고 나가고 없는 상태여서 SNS 메시지로 급하게 연락을 해도 용하의 응답이 없다고 걱정의 깊이가 깊어질 즈음, 프로젝트 함께하는 용하 친구가 장난한 것임을 태완이가 알려 와서 평온한 새벽을 맞이했다.

물론 용하는 형에게 야단을 맞았고, 나와 너희 아버지도 용하에게 그런 장난하면 안 된다고 가볍게 일렀다. 프로젝트를 하다가 잠을 자는 사이에 친구가 장난을 했다고 용하는 억울해 했지만 걱정을 한 가족을 생각하면 억울해 할 일은 아닌 것 같았다.

장난을 한 용하 친구와 내가 우연히 만나서 한밤중의 전화에 대해서 이야기를 했더니, 그런 메시지를 자기 형에게 보내면 장난하지 말라고 온갖 욕으로 보복을 하는데 다른 반응이 나와서 당황했단다.

용하 친구의 이야기를 듣고 두 가지를 생각했다. 하나는 평소에 너희들끼리 대화가 없어서 서로의 마음 상태를 모르는 것이 아닌지 걱정이 되었다. 두 번째는 서로의 마음을 잘 알고 있지만 평소와 다른 미묘한 감정 변화도 놓치지 않으려는 형제애라고 생각했다.

나는 너희들이 두 번째 생각과 같다고 믿고 있다. 내가 잘못 알고 있는 것은 아니지?

가족이지만 말과 얼굴에 표현되는 것과 다른 감정을 충분히 가질 수 있다. 그 감정까지 알아채는 우리 가족이 되자. 그리고 신호를 보냈는데도 알아채 주지 않는다면 섭섭한 마음 숨기지 말고 꾸밈없이 이야기하자.

가족 간의 신뢰가 무너지면 더 이상 가족이 아니다.

나도 힘들 땐 힘들다고 이야기할 것이다.

아버지에게 맞았다

한밤중에 아버지에게 맞았다.

그것도 뒤통수를 야무지게 맞았다.

자다가 날벼락을 맞은 이상으로 어안이 벙벙하였다.

깜짝 놀란 내 소리에 아버지가 비몽사몽으로 미안하다고 하더라.

그러더니 이내 잠이 들더라.

아침밥을 먹으며 야무지게 맞았다고 이야기했더니 꿈속에서 모르는 이가 자꾸 이상한 곳으로 끌고 가더란다. 처음에는 폭력을 사용하지 않고 이리저리 몸을 틀며 저항했는데, 상대가 워낙 강하게 나와서 있는 힘껏 때렸단다.

있는 힘껏 때렸단다. 나는 얼마나 아팠겠니?

너희들 아버지 손이 예사 손이가?

어떻게 복수할까?

피부 관리 잘해라

오늘은 2018년 5월 22일 석가탄신일이다.

아버지가 좋아하는 영화 보러 일찍 극장으로 나섰다. 2시간 30분 전에 나섰다. 남들이 들으면 놀라거나 미쳤다고 할 수 있는데 2시간 넘게 걸어서 극장에 갔다. 시원한 강바람을 예상했는데 덥더라. 더위를 많이 타는 너희들의 아버지는 넓고 주름진 이마가 땀으로 반짝거렸다.

재미없는 영화를 겨우 봐주고 집으로 왔는데, 아버지가 팔뚝에 두드러기가 생겨서 가렵다고 했다. 작년과 똑같은 자리다. 작년에는 피부과도 안 가고 그나마 버티더니 오늘은 피부과에 가야겠다고 한다. 내가 볼 때는 햇빛 알레르기처럼 보이는데 피부가 안 좋은 관계로 민감하게 반응하는 것 같았다.

아버지 양쪽 귀와 턱이 만나는 곳에 있는 시커먼 기미를 봤는지 모르겠다. 본인이 한참 축구를 좋아하고, 아이들에게 축구를 가르치는 것을 좋아할 때 자외선에 지나치게 노출되어서 생긴 것이다. 선크림을 바르라고 그렇게 이야기했지만 땀과 섞여 눈에 들어가면 눈이 따갑다고 거부하더니 큰 훈장을 받은 것이다.

이것만이 아니고 살이 많이 쪘다가 빠진 이후로 주름도 많이 생겼다. 원래 노안이었는데 더 노안이 된 것이다.

그나마 다행인 것은 노안이라고 놀리는 친구들에게 기분이 상하면서도 시술이나 수술할 생각은 안 하더라. 피부과를 하는 친구가 있어서 몇 번 망설인다고 느낀 적은 있는데 이내 포기하더라. 지금은 누가 노안이라고 놀리면 대꾸도 안 하고 웃기만 한다. 어떨 때는 되레 더 큰 농담을 하더라. 아마 정신이 강해졌나 보더라. 아니면 하도 많이 들어서 무디어진 것인지 모르겠다.

피부 관리해야 된다.

타고난 체질로 인한 것은 어쩔 수 없어도 조그마한 수고와 불편으로 보호할 수 있다면 주저하지 마라. 선크림을 비롯한 자외선 차단 제품을 애용하고 가능하면 자외선 지수나 미세먼지, 황사 농도가 높을 때에는 외출을 자제해라. 그리고 더 중요한 것은 잘 씻는 것이다.

둘째 용하는 아버지 피부를 닮아서 그런지 트러블이 심한데 자주 씻어라. 어느 정도 예방은 될 것이다.

건강하고 맑게 보이는 외모도 큰 재산이다. 조금만 노력하면 큰 재산을 모을 수 있는데 굳이 손해 볼 필요 없지 않겠니?

의료 기술이 발달했다곤 하지만 손상된 피부는 완전한 회복이 불가능하다. 완전한 회복이 된다 해도 지출은 경제적으로 부담이 될 것이다.

지금부터 피부 보호해라.

피부만큼 예방이 중요한 것도 없다.

특히 용하는 기름진 음식과 인스턴트 음식을 멀리해라.

물은 자주 마시고.

엄마는 ( )등급

  교원들에게 성과상여금 제도가 있다. 회사로 말하면 성과를 많이 올린 사람에게 주는 인센티브 제도다.

  엄마가 ( )등급을 받았다. 참고로 교원들의 성과상여금의 재원은 당해 연도의 봉급 인상분을 전 교원들에게 지급하지 않고 성과상여금 형식으로 S, A, B로 나누어 지급하고 있다. S를 받은 교원은 B를 받은 교원의 월급 인상분을 뺏어 가는 구조다. 그나마 아버지처럼 A를 받으면 인상분을 받는 것이다. 국가가 국민에게 저지르는 야비하고도 야비한 제도다. 반드시 없애야 하는 적폐 중의 적폐다.

  아들!
  어느 사회, 어느 직장에서도 역할이 다르다. 귀하고 천한 것이 아니다. 항상 강조하지만 하는 일만 다를 뿐이다. 이런 역할을 가지고 등급을 매기는 것은 사람에 대한 폭거다.
  만약에 너희들이 사업을 한다면 절대로 인센티브제도는 도입하지 말고 구성원들의 노동에 의해 생긴 이윤은 공평하게 나눠라.

2인 이상으로 이루어진 사회는 서로 도움을 주고받는 구조일 수밖에 없다. 상호 보완적인 관계다. 귀하고 천한 것이 없다는 뜻이다. 인간은 끊임없이 누군가의 도움으로 살아가는 지구인일 뿐이다.

하여튼 엄마가 성과상여금을 받았으니 말 잘해서 용돈 더 받아가거라.

이벤트도 가르쳐야 한다

1월 1일은 결혼기념일이다.

갓 결혼하고 몇 년 동안은 아버지와 새해 해돋이를 보는 것이 결혼기념일 이벤트였다. 그 당시에는 거창한 이벤트도 바라지 않았고, 아버지도 엄마를 마음으로만 많이 사랑하지 이벤트에는 별 관심이 없더라. 그리고 너희들이 태어나고 자라면서 멀리 해돋이도 못 가고 동네 뒷산에서 너희들과 밝은 해를 보고 떡국 한 그릇 먹는 것이 결혼기념일의 전부가 되었다. 그러나 너희들이 중학교에 들어가면서 이것마저 할 수 없게 되었다.

올해는 아버지가 펜션을 하나 예약했다고 하더라. 아버지는 무슨 의도였는지 모르겠지만 엄마는 너희들과 함께 가면 좋겠더라. 그러나 역시 예상은 했지만 아무도 가지 않겠다고 했다. 실망하는 내색은 하지 않았지만 섭섭하더라. 이럴 때는 아버지가 너희들의 의사결정권을 존중하는 가르침이 잘못되었다는 생각도 하게 되더라.

아버지와 단둘이 먹을 것을 조촐하게 준비하여 펜션으로 갔다. 큰 펜

선에 두 사람만 있으니 방 안 온기도 얼른 올라오지 않아서 이불을 한참 동안 덮고 있다가 아버지가 요리를 하기 시작하였다. 그런데 얼마 지나지 않아서 초인종 소리가 들렸다. 작은 고모 직장이 가까이 있어서 저녁을 같이 먹자고 연락이 온 상태인지라 당연히 작은 고모가 온 줄 알았다. 하지만 너희들이 꽃다발과 케이크를 들고 결혼기념일을 축하한다며 작은 고모와 같이 온 것이다. 몇 번이나 같이 오자고 할 때마다 어정쩡하게 거절하더니 이렇게 깜짝 방문할 줄은 정말 몰랐다. 요리를 하던 아버지도 놀라서 깜짝 놀라며 환한 얼굴로 반겼다. 그리고 용하의 편지도 감동적이더라. 눈물이 조금 나더라. 요 근래에 그렇게 맛있는 음식은 없었다.

다음 날 아버지가 작은 고모의 생각인 줄 알지만 감동적이었다고 이야기하더구나. 그래서 엄마의 생각을 이야기했다. 너희들의 의사를 존중하는 것도 좋지만 가족 간에 필요한 축하 이벤트는 가르쳐야 다음에 필요할 때 너희들 스스로 한다고….

슬픈 일은 본능적으로 위로할 마음이 생기지만 기쁘고 축하할 일에는 인색한 경우가 많다. 슬픔을 극복하기 위한 침묵의 끈끈함도 필요하지만 기쁨을 함께 나누는 시끌벅적한 밝고 환함도 꼭 필요하다. 그래야 슬플 때 떠올릴 행복한 순간이 있지 않겠느냐?

후에 너희들의 여자친구에게, 너희들이 꾸린 가정을 위하여 행복을 나누는 이벤트를 많이 하면 좋겠다. 내용은 마음이 드러날 정도면 좋지 않을까? 형식에 매여 과하게 하지 마라.

고1 올라가는 둘째 용하가 전한 편지다.

To my parents

이제 고등학생이 되는 둘째 용하예요. 2015년이 이제 다 가고, 2016년 새해가 오고 있네요. 동시에 다가온 부모님의 결혼기념일을 축하드립니다! 새해의 첫날이 의미 있는 날인만큼 2016년 새해에는 좋은 일만 있으면 좋겠어요.

새해가 되면 많은 변화가 있을 것 같아요. 제가 고등학생이 되면서, 그리고 형이 고3이 되면서 우리 가족이 같이 모여서 즐길 수 있는 날이 얼마 없을 것 같네요. 그렇지만 고등학생이 되어도 어머니, 아버지, 그리고 할머니와 함께 즐겁게 지내면서도 공부도 성실히 하는 그런 아들이 될게요. 제가 그러고 보니 벌써 고등학교에 가게 되었네요. 중학교에 입학했을 때의 서먹한 분위기가 기억나는데 또다시 고등학교에서의 서먹한 분위기가 찾아올 해가 되었네요. 이렇게 크기까지는 어머니, 아버지의 도움을 많이 받아서 잘 클 수 있었던 것 같아요. 정말 감사하고 또 그렇기 때문에 우리 가족의 시작을 기념하는 결혼기념일을 축하드립니다. 또 새해가 시작되는 날이니 새해 복 많이 받으십시오.

앞으로 더 잘 부탁드리고 항상 감사합니다.^^

2015년 12월 31일

용하가

마음에 머무는 믿음

밤늦은 시간에 문자가 날아든다.

모르는 번호다.

또 날아든다.

짐작이 되는 사람이다.

잠이 오지 않자 뒤돌아 본 모양이다.

묻지도 따지지도 않고 믿어준 내가 고마운 모양이다.

고맙고 많은 힘이 되었단다.

고마운 일이다.

아들아!

사람을 믿는 것은 힘든 일이다.

말로 믿는 것은 누구나 할 수 있다.

'믿어라!'는 그 말 반 만큼도 행동으로 되지 않는다.

믿음은 행동이다.

야단치며 '너를 믿는다.'는 말은 거짓이다.

'믿었는데! 어떻게 나에게…' 역시 거짓이다.

말은 흘러가는 물이다. 마음에 담기지 않는다.

믿는 행동이 마음에 머무른다.

마음에 머무르는 믿음.

그 믿음을 나는 믿는다.

우리는 그런 믿음을 나누자!

좋은 말 많다

엄마는 욕을 들으면 짜증이 난다. 현실은 물론이고 드라마나 영화에서도 욕하는 것 보면 짜증을 넘어 화가 날 정도다. 하지만 욕이 더 이상 욕이 아닌 일상용어가 된 것을 알기 때문에 상식적으로 예의를 지켜야 될 공간이 아니면 참고 넘긴다.

너희들도 SNS나 일상적인 대화에서 가벼운 욕을 하는 것 안다. 이것도 처음에는 충격이었는데 아버지가 요즘 아이들의 욕과 내가 생각하는 욕의 의미가 다르다고 그냥 넘기라고 했다. 그리고 보면 아버지도 고등학교 동창들 만나면 쉽게 욕을 하더라. 평소에는 어떻게 욕 안 하고 사는지 모르겠다.

그래도 가능하면 욕하지 말자.

욕하지 말자는 부탁도 하지만 남을 자극하는 감정적인 말도 안 하면 좋겠다. 남을 기분 나쁘게 해서 좋은 일이 뭐가 있을까? 남 기분 나쁘게 하면 남은 나에게 어떤 말을 할까? 결과는 싸움 아니면 이별이다. 일부러 싸움이나 이별을 할 생각이 아니라면 남을 자극하는 말하지 말자.

아니 이별할 생각이라고 해도 인격 모독과 같은 쓰레기는 휴지통에나 버리라. 이별일수록 정중해야 한다. 원수를 만들기 위한 이별이 아니니까….

남을 모독하는 말을 하는 사람들 대부분은 목적을 숨긴다. 자신의 목적을 이루기 위해서 상대방을 자극하고 이 자극으로 흥분하는 상대방의 약점을 찾아 뒤집어씌운다. 그 뒤부터는 원인 제공을 한 자신보다 흥분한 상대방의 약점을 더 크게 부각시킨다.

아주 야비하고 비열한 수법이다. 그런데 대부분의 사람들은 이 수법에 쉽게 넘어간다.

너희들은 그렇게 하지 마라!

목적이 있으면 숨기지 마라. 정중하게 부탁해라. 그리고 만약 스포츠나 레포츠 활동의 경쟁관계라면 스포츠맨십을 발휘해라. 스포츠맨십이 전문 선수에게만 해당되는 것이 아니다. 친구들끼리 가볍게 '내기' 하는 경기에도 해당된다. 동호회나 우리의 일상적인 스포츠 활동에서 스포츠맨십은 필수다. 실력으로 당당하게 겨루어라. 자기 실력의 모자람을 상대방을 자극함으로써 극복하려 하지 마라. 그러면 스포츠 아니다.

상대방이 나를 자극하면 못 들은 척하고 넘긴다. 대꾸하지 않는다. 그래도 기분은 상당히 안 좋다. 아버지는 좀 다르게 대처한다. 상대방이 아버지의 약점을 건드리면 변명하지 않고 인정해버린다. 상대방이 더 이상 말을 못하게 한다. 그래도 계속하면 그냥 무조건 실실 웃는다. 그러면 대부분은 포기한다.

하지만 끝까지 포기하지 않는 사람들도 있다. 입에 게거품을 물고 고함을 지르며 탁자를 치고 과장된 몸짓으로 주위의 시선을 끌어서 함께하는 이들을 부끄럽게 만들어 목적을 성취하려는 사람들이다. 주장을 천박하게 하는 사람들이다. 더 이상 어떤 대꾸도 하지 마라. 그리고 조용히 자리를 떠나라.

스포츠 활동 중에 일어난다면 스스로 교체를 요구해서 빠져라. 교체가 되지 않는 경기라면 아무 말하지 말고 결과에 절대 신경 쓰지 말고 그 경기만 마치고 매너 있게 헤어져라. 그리고 다음부터 운동같이 하지 마라.

좋은 말 많다.
더럽고 나쁜 말하지 마라!
습관이 되면 너희들의 인격이 된다.
같이 노력하자.

커피 내리는 남자

거의 매일 아침 먹고 커피를 마신다.

아버지가 내려주는 커피를 마신다.

아버지는 커피를 정말 좋아한다. 커피 마시는 것도 좋아하지만 커피를 드립하는 것과 커피에 이것저것 섞어서 만드는 것을 좋아한다. 휴일에 집에 있을 때에는 3~4잔을 마시는 것은 기본이고 나에게도 다른 음료와 섞어서 맛을 보라고 권하기도 한다. 간혹 커피전문점의 커피를 마시고 맛을 느끼는 것을 보면 준전문가인 듯하다.

나는 아니다. 그냥 하루 한 잔 정도 마시면 딱 좋다.

아버지는 직장에서도 동료들에게 무조건 잘해 주려고 애쓰는 것 같더라. 맛있는 것 있으면 직장에 가져가고 싶어 하고, 좋은 것 있으면 보여주고 싶어 하고, 맛있는 음식점 알면 사주려 하고….

질투 안 한다.

나에게도 그렇게 한다.

매일 아침 커피를 내려주듯, 맛있는 음식점 알면 같이 가자 하고, 제

철에 맞는 맛있는 음식 있으면 같이 먹자 하고, 경치 좋은 곳 알면 같이 가자 하고, 오며 가며 좋은 옷 있으면 사 준다 하고….

단점도 있는 아버지지만 남들에게 해주는 만큼 나에게도 잘 한다.

간혹 다른 가족 보면 남에게는 잘해주면서 본인 가족을 서운하게 하여 갈등을 일으키는 경우를 보는데 아버지는 안 그렇다.

너희들도 아버지와 같이 해라.

남들 챙기는 만큼 가족들도 잘 챙겨라.

사소하게 생긴 실금으로 큰 건물이 무너지듯 소소한 서운함이 쌓이면 가정을 위태롭게 한다.

가족의 행복이 뭐가 있겠니?

소소한 것 서로 위해주며 웃는 것이 아니겠니?

소소한 행복 자주 맛보자.

노력하자!

사람들은 안 믿는다

엄마는 너희들이 같은 고등학교에 입학한 것이 너무 좋다. 그리고 둘 다 기숙사에 입사한 것도 너무 좋다. 월요일 아침 일찍 너희들을 등교시킬 때마다 생각한다. 만약에 너희들이 기숙사에 입사하지 않았다면 어떻게 매일 이른 아침과 늦은 저녁에 너희들의 등하교를 돕고 있을까? 부모로서 도와야하는 것이 당연하지만, 지금보다 힘들겠지?

태완이의 내신 등급이 1.35로 정해졌다. 정말 고생했다. 그리고 대견하다. 용하도 1학년들 중 소수에게만 주어진 전액 무료 유럽 배낭여행을 떠났다. 정말로 축하하고, 이번 경험이 용하의 꿈을 펼치는데 많은 도움이 되리라 생각한다.

너희들이 잘 자라고 있다는 소문이 나면서 나와 아빠에게 어떻게 하면 두 아들을 공부도 잘하고 인성도 좋게 키울 수 있는지 묻곤 한다. 그럴 때마다 좀 난처하다.

하나는, 나는 너희들이 공부 잘하는 것을 자랑하고 싶지 않다.

둘은, 특별한 비법이 없다.

셋은, 비법이 있다면 모든 사람들이 다 알고 있는 것을 나와 아빠가 실천하기 위해 노력한다는 것이다.

지금까지 책을 같이 읽고 있으며, 너희들이 어릴 적에 마음껏 놀아주었고, 너희들이 친구들과 신나게 놀 수 있도록 했다. 그리고 공부를 하라는 소리보다 너희들이 어른이 되면 무엇을 하고 싶은지를 자주 물었다. 너희들에게 집안에서 일어나는 일을 거짓 없이 이야기하고 너희들의 동의를 얻었다. 때로는 동의를 하지 않아 야속한 적도 있지만 너희들의 뜻을 존중했다. 내 마음대로 너희들의 생활 강요하지 않았다.

아침을 '잘 잤느냐? 오늘은 어떤 계획이 있느냐? 도와줄 것은 없느냐?' 그리고 나와 아버지의 하루 계획을 너희들과 공유하는 것으로 시작했다. 너희들의 하루 계획에 대해서 이러쿵저러쿵하지 않았다. 대신 다른 사람들에게 피해를 줄 우려가 있는 계획은 다른 방법을 찾도록 했다.

나와 아빠도 너희들 뒷바라지하는 데만 전념하지 않았다. 내가 하고 싶은 일을 했다. 아빠도 좋아하는 책 읽기와 글쓰기, 운동을 너희들을 핑계로 소홀하게 하지 않았다. 그래서 요즘 내가 자주 듣는 두 번째 말이 '고3 엄마 맞냐?'는 소리다.

사실 얼마 전에 태완에게 쓴소리를 할 뻔했다. 조금만 더 노력하면 태완이가 내신 등급 더 올려서 원하는 대학과 과를 쉽게 갈 수 있을 텐데, 하루 내내 자고 노는 것을 보고 불만을 터뜨릴 뻔했다. 잘 참았다. 지나고 보니 공부한다고 많이 피곤했나 보더라. 나도 부모인지라 너희들이 좋은 대학에 가면 좋겠다는 욕심을 가지고 있다.

하지만 그 욕심이 부모로서의 기본 욕구임을 알기에 표현하지 않는다. 남들은 어떻게 그럴 수 있냐고 하지만 나는 그렇게 하련다.

이것이 너희들을 지금까지 키운 비법이다. 너희들을 키우는 비법을 자꾸 물어오면 조심스럽게 이 비법을 이야기하지만 대부분은 중간에 말을 끊으며 '모두 다 알고 있는 기본이네. 두 아들이 머리가 좋거나 타고난 것 같다.' 며 더 이상 말을 못하게 한다. 이럴 때마다 그냥 빙긋 웃는다.

너희들이 공부 잘하는 것을 자랑하고 싶지 않다고 하면서 태완이 내신 등급과 용하의 전액 무료 유럽 배낭여행을 알리는 것은 세상 사람들이 다 알고 있는, 좋은 부모 되기와 관련된 책에 모두 있는, 전 세계인들이 아이는 그렇게 키워야 된다고 생각하고 있는 것을 나와 아빠가 실천하려 하기 때문이다.

너희들이 머리가 좋아서가 아니라, 고액 학원에 다녀서가 아니라, 타고 나서 그런 것이 아니라, 기본적으로 알고 있는 것을 실천하면 누구나 너희들과 같은 인성을 가질 수 있음을 알리고 싶기 때문이다.

사람들은 기본을 실천해 보지도 않고 결과를 추측하여 절대로 안 된다고 아예 실천할 생각을 하지 않는다. 그러면서 청소년의 인성 문제가 불거지면 남들이 기본적인 실천을 하지 않는다고 나무란다. 자신은 절대로 실천하지 않는 것을 남에게 실천하라고 강요하는 모순에 빠지는 것이다.

그리고 나와 아빠가 이 기본을 실천하여 너희들이 잘 자라고 있다고 이야기하면 믿지 않는 것도 이 모순에서 빠져나오지 못하기 때문이다.

나와 아빠의 기본적인 실천이 앞으로의 너희들의 삶에 어떤 영향을 끼칠지 모르겠다.

하지만 남들보다 조금 행복할 것이라는 확신은 있다.

그리고 나의 노년이 너희들에 대한 걱정으로만 채워지지 않을 것이라는 확신이 있다.

　사람들은 원하는 결과를 얻기 위한 비법이 기본을 실천하는 것이라
는 것을 믿지 않는다.
　하지만 나는 믿는다.
　너희들도 믿지?

여가생활은 계획부터

얼마 전에 사천에 있는 와룡산에 아버지와 같이 갔다. 아버지가 일반적으로 많이 등반하는 코스로 가자고 했는데, 나는 지난번에 갔다가 등산로를 찾지 못하여 다른 등산로를 이용한 아쉬움이 많아서 재도전하자고 했다. 아버지가 그렇게 하려면 다시 등산로를 확인하라고 해서 인터넷 블로그를 통하여 대충 확인하였다.

블로그를 통하여 확인한 것과는 많이 달랐다. 등산로 입구를 찾지 못해 헤매다가 비슷한 등산로로 접어들었는데 따라가면 갈수록 길이 거칠어지고, 급기야 야생 동물들의 길로 의심되는 등산로만 보였다. 아버지는 등산로가 아닌 줄 알면서도 정상을 향해 나아갔다. 그런 아버지를 말리고 싶었는데 뭔가로 단단히 화가 나 있어서 말을 붙이기가 힘들어서 그냥 따랐다.

한참을 헤매며 올라가서 정상 아래까지는 같지만 절벽으로 이루어져 있어서 도저히 올라갈 수도 없었고, 길이 있어도 위험해서 포기해야만 될 상황이 되었다. 아버지가 이제 그만하고 내려가자고 했다. 내려오는 길도 장난이 아니었다. 심지어 조금 전에 올라온 길도 찾기가 힘들었다.

나는 가슴이 두근두근했지만 아버지의 얼굴에 아무 변화가 없어서 안심이 되면서도 불안감이 밀려왔다 가라앉았다를 반복했다.

내려오기는 내려왔다.

아버지는 정강이와 장딴지에 긁힌 상처로 여러 군데서 피가 났다. 내가 미안하다고 했다. 그제야 아버지는 모르는 곳으로 등산을 갈 때에는 대충 어찌 되겠지 하는 마음으로 가면 아주 큰 위험을 만나게 됨을 직접 느끼게 할 심사(心思)였다고 했다.

요즘은 낮은 산도 등산로를 벗어나면 원시림이다. 등산로가 아니거나 아니라는 의심이 1%라도 들면 더 이상 나아가면 안 된다. 높은 곳으로 가도 빽빽한 나무들 때문에 전체를 조망할 수가 없어서 방향감각을 잃어버린다. 그리고 야생동물의 위험에 무방비 상태로 노출되고 만다. 큰 위험에 부딪히는 것이다. 스마트폰 앱을 이용하여 구조를 요청할 수 있지만, 구조대원들의 접근성도 고려해야 하고, 무엇보다 나의 무지에 의한 만용 때문에 정말 좋은 사람들이 위험에 빠진다는 것이다.

등산에 앞서서 등산로의 정확한 확인, 안전 장비 및 준비물을 꼼꼼하게 챙기는 계획을 게을리 하면 정말 큰 화를 입는다는 것을 꼭 명심해라.

한 가지 더 부탁하자. 가족끼리, 친구끼리, 직장 동료끼리 여가생활이나 휴가를 보내기 위해 숙박업소를 예약하는 일이 종종 있을 것이다. 보통의 사람들은 숙박업소 예약과 먹을 것만을 챙기는 것을 계획이라고 생각한다. 아니다. 먹고 자는 시간 이외에 어떤 활동을 할 것인가에 대한 꼼꼼한 계획을 추가해라. 그리고 이 계획에 맞는 준비물도 빠짐없이 잘 챙겨라.

먹고 자는 것이 여가생활의 전부가 아니다. 일상생활에서 맛보지 못하는 색다른 경험과 유대로 긴장감을 완화시켜야 피로와 스트레스를 풀 수 있다. 잠을 설쳐가며 먹고 마시고 떠들다가 집으로 돌아오면 새로운 내일에 대한 두려움과 피곤한 몸 때문에 긴장과 스트레스가 더 생긴다. 아니, 떠난 것만 못한 것이 되는 것이다.

계획은 힘들지 않다. 주변의 트래킹이나 가벼운 등산, 주변 문화재 탐방, 지역에서 제공한 다양한 색다르고 다양한 체험활동, 간단한 협동놀이, 웃음을 유발하는 실내 놀이를 일정에 맞게 조절하면 된다. 인터넷으로 검색하면 관련되는 많은 정보를 찾을 수 있을 것이다.

아! 마지막으로 하나만 더 부탁하자. 적극적으로 참여해라. 준비를 잘 해왔는데 호응이 떨어지면 어정쩡한 어색함 때문에 먹고 마시는 여가생활보다 못할 수가 있다. 내가 싫어한다고 좋은 분위기를 깨는 경솔한 행동하지 마라. 함께한 모든 사람들이 즐기기 위한 날이다. 그 사람들이 너의 기분을 맞춰 줄 의무는 없다. 나부터 즐거워해야 전체가 즐거워지는데 우리는 거꾸로 남들이 나를 즐겁게 해줘야 한다고 생각한다. 큰 오산이다.

여가생활 정말 중요한 활동이다. 어쩌면 이 여가생활을 위하여 그 많은 시간을 참고 견디는 줄도 모른다. 이렇게 귀한 시간 알차게 계획하고 적극적으로 참여한다면 그 많은 시간이 더 의미 있게 다가와서 일상의 긴장과 스트레스가 줄어들 것이다. 삶이 한결 더 풍요로워질 것이다.

아들들!
이제부터 너희들이 좀 계획하면 안 되겠니?

당연함을 꾸준히

엄마는 놀란다.
어떻게 그렇게 꾸준할 수 있는지….

태완이는 고등학교 1학년부터 수능까지 한 번도 공휴일 자율학습을 빠지지 않았다. 처음에는 학교에서 강제하는 줄 알았다. 그런데 아니었다. 그리고 아버지와 내가 자율학습을 한 번도 강요하지 않았는데 당연한 것처럼 참여하였다. 중간 중간에 '힘들지 않으냐?'고 물으면 대수롭지 않게 '괜찮다.'고 대답하는 것을 보면, 억지로 하는 것 같지 않아서 '다행이다!'라고 생각은 했는데 이렇게 꾸준히 참여할 줄 몰랐다.

2학년이 되는 용하도 자율학습에 꾸준히 참여하는 것을 보면 너희들의 몸에 꾸준함에 대한 특별한 유전자가 있는 것 같기도 하다.

얼마 전에 영화를 보고 오면서 너희들에게 어떻게 그렇게 꾸준히 자율학습에 참여하는지를 물었다. 그리고 놀고 싶은 마음은 없는지도 물었다.

'그냥 가요! 특별한 일이 있는 것도 아니고 당연히 공부해야 되는데 집보다는 학교가 편해서 그냥 가요.'

'친구들이 많이 안 나와서 썰렁한 것은 맞지만 놀고 싶은 마음은 없어요. 친구들과 놀고 싶으면 놀면 되는데, 공부하기 싫어서 일부러 놀고 싶지 않아요.'

자식들이 공부 안 한다고 불만인 부모들이 이 소리를 듣는다면 '진짜 재수 없다.'라고 할 것이다.

나는 너희들의 말속에 있는 뭔가를 알았다. 그리고 그 뭔가가 평소 너희들의 생활과도 일치한다는 것을 깨달았다. 너희들은 하면 좋은 일일 경우 당연히 그것을 선택했다. 그리고 별 필요를 느끼지 못하면 선택하지 않았다. '해야 되는데. 해야 되는데.' 하며 미루지 않았다. 그냥 무덤덤하게 했다. 하지만 그렇지 않은 경우는 냉정하게 거부했다. 이런 너희들의 태도가 마음에 들지 않았지만 '하는 짓'이 아버지와 같아서 속으로 불만을 잠재우고 너희들이 할 때까지 기다리거나 포기했다.

아마 너희들이 지금처럼 꾸준히 공부하는 것도 너희들의 진로를 확실히 정했기 때문인 것 같다. 그 진로에 학교 공부가 필요하니 자율학습을 당연히 받아들이는 것 같다.

당연한 것을 당연한 것으로 받아들여 꾸준히 실천하는 것 정말 힘들다.

다른 사람들이 가지지 못한 큰 재능이라고 생각한다.

당연함을 꾸준히 실천하는 너희들 때문에 새삼 놀란다.

현명한 도움

아버지와 저녁 운동을 나가다가 이모에게 전화를 받았다. 외할머니가 마을 회관에서 쓰러지셨단다. 다행히 동네 이장이 119를 불러서 병원으로 이송 중이란다. 아버지와 급하게 병원으로 가니 생각보다는 외할머니의 상태가 괜찮았지만 걱정이 많이 되었다.

출혈이 소량이라 수술까지는 필요 없고 약물 치료만으로 가능하단다. 얼마나 다행이냐. 한숨 돌리고 나니 큰 이모와 이모부, 외삼촌이 병원에 도착해서 자초지종을 설명했다.

걱정이 되었다.

외할머니가 병원에 한참을 있어야 되는데 병간호를 어떻게 해야 될지? 외삼촌과 이모들은 모두 멀리 있는데 어떻게 현명하게 대처해야 될지? 고민이 밀려왔다.

이런저런 이야기를 하다가 제주도에 있는 작은 이모가 와서 병간호를 많이 하고, 나는 가까이 있어서 수시로 간호하기로 했다. 그래도 걱정이 되었다. 직장도 있고 집안 살림도 해야 되는데 몸이 피곤한 것은 두 번

째고 가족들이 불편할 것을 생각하니 마음이 편하지 않았다.

'나는 장모님을 간호할 수가 없다. 대신 집안에서 내가 할 수 있는 일을 할게. 당신도 나보고 장모님 병간호 안 하다고 섭섭한 생각하지 마라.'라고 아버지가 말씀하신다. 나는 고마웠다. 아버지가 남자라서 여자인 외할머니 병간호를 할 수 없다는 것은 맞는 말이다. 더불어 내가 병간호 한다고 부족한 집안일을 한다고 하는데 고마운 일 아닌가?

이게 돕는 지혜라고 생각한다. 생각이 다르고, 하는 일이 다르고, 잘하는 일이 다르고, 사용하는 시간도 다른데 어떻게 모두에게 똑같은 일을 똑같은 방법으로 똑같은 시간으로 도우라고 할 수 있을까? 이런 평등의식이 오히려 불평등을 초래하고 불화를 가져온다고 생각한다.

자기가 잘하는 것으로 서로의 부족한 부분을 채워주는 지혜가 제대로 돕는 것이라 생각한다.

제대로 돕는 가족 만들자. 같이 노력하자!

오늘도 할머니는 빨래하고 아버지는 청소하고 나는 밥을 한다.

용하야 엄마가 오해했네

용하야, 얼마 전에 마음이 몹시 불편했지? 네 아버지는 지금까지 네 본마음을 이야기하지 않았다고 오해하고 있을 거야.

네가 학교 체육대회를 마치고 너무 늦게 왔었다. 그래서 나는 '연락이라도 하지 왜 안 했어?'라고 했는데 네가 아무 말도 하지 않고 머뭇거려서 한 번 더 '왜 연락 안 했어?'라고 물었더니 '말할 이유가 없는데 어떻게 말해요?'라고 대답했다.

순간 당황했다. 고2인 네가 '이제 사춘기인가?'라는 생각도 했다.

침대에 토라져 누워 있는 내게 네 아버지가 어디 아프냐고 묻기에 그대로 이야기했다. 잠시 뒤 네 아버지가 네게 자초지종을 물어보고 네 의도를 전했다. 너는 연락하는 것을 잊고 안 한 것뿐인데, 자꾸 이유를 물으니 특별한 이유가 없는 것을 어떻게 말할 수 있느냐는 취지로 '말할 이유가 없는데 어떻게 말해요?'라고 대답했다는 것을 알았다.

다시 한 번 물어볼 걸 하는 진한 아쉬움과 네가 사춘기를 두 번 하지 않아서 '천만다행이다.'라는 생각을 했다.

그런데 용하야. 너의 말을 같이 들은 작은 고모도 엄마와 같은 뜻으로 들었다고 하더라. 그러면 너도 말을 정확하게 전달하지 못한 잘못도 있다.

우리는 나와 같은 마음으로 이야기를 들어주기를 바란다. 그러나 그것은 욕심이다. 이야기를 듣는 사람은 자신의 감정으로 우리의 말을 해석한다. 더 엄격하게 말하면 자신이 듣고 싶은 소리만을 듣는다.

그래서 맥락 있게 전달해야 한다. 차례대로 잘 말해야 한다. 듣는 사람이 나와 다른 맥락으로 받아들이지 않도록 단어 선택을 잘해야 한다.

그리고 여러 가지 뜻으로 해석되거나 명확하게 이해되지 않으면 정중하게 다시 물어보는 것도 잊지 말아라.

가족끼리도 이렇게 오해를 하는데 다른 사람들과의 대화는 오죽하겠니?

같이 노력해.

소소한 일 슬그머니 같이 하자

올해 여름은 유난히 찜찜하네.

아직 갱년기는 아닌데 덥네. 예전에는 너희들 아버지가 여름이면 땀과 함께 살았는데, 요즘은 덥다는 소리를 잘 안 하네. 감각이 무디어진 것인지? 참을성이 증폭된 것인지? 알 수가 없네.

너희들 아버지가 제일 잘하는 집안일이 청소인데 여름이면 태업에 들어간다. 땀이 많아서, 청소가 끝나면 바닥에 떨어진 땀 청소를 해야 될 정도다. 나머지 집안일은 할머니가 다 해줬으니 할 필요성을 못 느꼈을 것 같다.

엄마는 인상 쓰며 억지로 뭘 하는 것을 좋아하지 않는다. 그래서 집안일도 너희들 아버지와 너희들이 자발적으로 하길 원한다. 그리고 간혹 필요할 때 해달라고 하면 잘해줘서 큰 어려움이 없었다.

하지만 요즘 들어와서 생각을 좀 바꾸고 싶다. 같이 하고 싶다. 힘이 부친 것도 있지만 너희들과 있을 시간이 자꾸 줄어든다고 생각하니 아쉽다. 오늘 아침에도 운동을 하다가 문득 용하는 근처에 있는 대학에 갔으면 좋겠다는 생각을 했는데, 아버지께 농담으로 했더니 절대로 이야기하지 말라고 한다. 훗날 너희들에게 어떤 원망을 들을지 모른다고 한다. 그래 맞다. 책임 못 질 내 욕심이다.

그래서 요즘같이 함께 있는 시간만큼은 집안일을 함께 했으면 좋겠다. 밥상 차릴 때 슬그머니 냉장고 문 열어 밑반찬 차리고, 빨래 널 때 슬그머니 같이 하고, 청소할 때 슬그머니 물걸레질하고, 설거지할 때 슬그머니 고무장갑 끼고, 간혹 내 옆에 누워 이런저런 이야기도 하고….

소소한 일 슬그머니 같이 하자.

진정성과 절박함에 대하여

어제 저녁은 기분이 좋았어.

기숙사에서 나오는 용하의 얼굴과 말이 밝아서 좋았고, 전화로 들려온 태완이의 밝은 목소리가 기분 좋게 만들었어.

지난주에는 진주 차 없는 거리에서 작은 공연을 했다. 스승님의 살풀이춤을 보조해주는 아주 작은 역할이었는데, 무엇보다 너희들의 아버지가 친구들과 내 공연을 구경하러 온 것이 기분 좋았다. 네 아버지도 이제는 나이가 들어가나 보다. 예전 같으면 상상하기가 힘든 일인데….

공연이 끝나고 너희들의 아버지가 친구들과 진주 중앙시장 청년몰의 수제 맥주 가게에서 한잔 걸치고 와서는 청년몰에 대해 불만을 토로했는데 나도 얼마 전에 가보고 같은 생각을 했다.

진주시에서 청년들을 위해 노력하는 것은 좋은데 진정성이 없는 것 같았다. 들어가는 진입로의 정비와 호기심을 자극하는 안내간판 설치,

화장실을 비롯한 주변 환경의 쾌적함에 좀 더 신경을 써야 될 것 같았다. 이왕 투자를 했으면 청년들이 먹고 살 만큼 신경을 더 써야 될 것 같았다.

청년들의 태도도 못마땅했다. 절박함이 없었다. 지네들끼리 삼삼오오 모여서 큰소리로 떠들고 단정하지 못한 옷차림과 은어가 다수인 말의 조합은 거부감을 가지기에 충분했다. 단순히 거쳐 가는 스펙 정도로만 생각하고 있는 것은 아닌지 강한 의구심이 들었다.

만약에 훗날 너희들이 남에게 영향력을 미치는 지위에 있게 된다면 생색내기보다 진정성으로 접근해라. 출세했다고 자랑하거나 권력을 뽐내는 지위의 영향력이 아니라 우리 이웃을 행복하게 만드는 것이 영향력이다.

그리고 너희들이 새로운 일에 도전하게 된다면 절박함이 묻어나게 해라. 절박함이 너희들의 바람을 견인할 것이다. 잠시 머물다 가는 자리일지라도 남에게는 생사의 문제일 수 있다. 그 자리 잘 보존하여 다른 누군가가 그 자리에서 새로운 꿈을 갖게 해라. 함께 행복해지는 길이다.

맥주는 아주 맛있었다고 하더라.

아버지

돈은 가치가 중요하다

태완이가 기억하고 있는지 모르겠지만 태완이가 초등학교 5학년인가 6학년쯤에 있었던 일이다.

사이비 장애인단체가 아이들에게 장애인들이 만든 물건을 살 수 있도록 협조해 달라는 공문과 함께 카탈로그를 보낸 일이 있었다. 학교에서는 공문으로 왔기 때문에 장애인단체에 대해서 제대로 알아보지도 않고, 특히 물건의 품질에 대해서도 전혀 검증하지도 않고 아이들에게 판매하게 되었다.

태완이는 그 당시 학교에 모범생이라고 소문이 날 정도로 심성이 고왔다. 너는 독서와 비추는 것을 좋아했기 때문에 독서대와 충전용 손전등을 샀다. 그리고 아버지에게 자랑을 했다.

너는 용돈으로 장애인을 도와준 것에 칭찬을 받을 것이라고 예상을 했지만 아버지는 혼을 냈다. 장애인을 도와주는 것은 좋지만 네가 지불한 돈에 비해서 물건의 품질이 형편없었기 때문이다. 그때 네가 서러워서 한참을 울었다. 아버지도 네 착한 마음을 다치게 해서 많이 미안했지만, 네 의지에 의해서 돈을 소비하는 나이가 시작되었기 때문에 돈의 가치에 대해서 엄하게 이야기하고 싶었다.

그리고 너와 동생 용하가 초등학교 때 축구를 좋아해서 축구교실에 정말 잘 다녔다. 그런데 종종 용품을 잊어버리고 오는 일이 있었다. 그때도 아버지는 너희들이 잃어버린 물건을 찾도록 했다.

사람은 완전한 존재가 아니기 때문에, 어른들도 흔히 물건을 잃어버려서 낭패를 당하는 일이 있다. 하지만 잃어버린 물건을 찾지 않는 태도와는 별개다. 물건의 가치, 즉 돈의 가치를 모르기 때문에 물건을 잃어버려도 찾지 않는 것이다.

그 뒤에도 수시로 돈의 가치에 대해서 너희들에게 강조했다. 그리고 너희들이 얻은(?) 용돈도 너희들이 관리하도록 하였다. 돈을 쉽게 써버리지 않을까 걱정이 되었지만 너희들이 고등학생과 중학생이 된 지금도 그렇게 하지 않는 것이 대견스럽다.

돈은 꼭 필요하다.

최영 장군처럼 황금 보기를 돌같이 해서도 안 된다. 자본주의 사회에서 돈은 꼭 필요하다. 그리고 무엇보다 중요한 것은 돈의 가치에 맞게 잘 사용해야 한다는 것이다.

돈의 가치를 알지 못하면 돈을 많이 벌어도 행복할 수가 없다.

어제는(2015.12.03) 페이스북의 창업자 저커버그가 갓 태어난 자기 딸의 세대를 위하여 자기 재산의 99%인 52조를 사회에 기부하였다는 뉴스를 보았다. 아버지는 저커버그가 돈이 많아서 기부한 것이 아니라 돈의 가치를 정말 잘 알기 때문에 기부한 것이라고 생각한다. 아버지도 여윳돈이 생기면 조금씩 기부하고 있지만 아직은 소소하다.

두 아들이 지금처럼 돈의 가치를 잘 알고 실천하면 좋겠다.
그래서 돈의 지배를 받지 않는 행복한 삶을 살면 좋겠다.

모두의 친구가 될 줄 알아야 한다

너희들이 어렸을 때 귀중한 한 분을 만났다.

같은 학교에 근무했던 그 분은 당시 공부를 잘하는 고등학생을 둔 아버지였다. 하루는 그분이 내게 두 아들이 있다는 이야기를 들었다며 아들을 키우는데 참고하라며 좋은 이야기를 들려주었다.

그분의 아들이 고등학교 생활을 열심히 하고 있었는데, 흔히 말하는 일진들이 친구하자며 접근하였다고 한다. 그래서 그 아들이 고민을 하다가 물어오더란다. 그때 그분이 주저하지 않고 친구로 받아주고 친하게 지내도록 했단다. 그랬더니 일진들이 아들을 괴롭히는 것이 아니라 오히려 전교 1등과 자신들이 친구라는 것을 자랑스럽게 여기며 공부를 더 열심히 하도록 배려해 주었으며, 공휴일에는 집으로 놀러와 힘든 일도 많이 도와주었고, 이런 일이 반복되면서 정말 서로를 이해하는 친구 사이가 되었다고 하더라. 그러면서 너희들도 사람에 대한 선입견과 편견을 갖지 않고 모든 이들과 어울릴 줄 아는 아이로 자라게 하는 것이 좋다고 하셨다.

보통의 부모들은 자신의 아이가 흔히 말하는 나쁜 친구들과 어울리지 못하도록 방어하기에 바쁜데, 그분은 오히려 친하게 지내게 함으로써 좋은 친구가 되도록 하였다. 정말 지혜로운 부모님이라는 생각을 하였다. 몇 번이나 감사함을 표하고 그런 아들로 성장할 수 있도록 노력해 보겠다고 말씀드렸다.

그래서 너희들이 좀 어렸지만 어린이 축구교실에 보냈다. 어릴 때부터 많은 친구들과 생활하는 것이 함께 어울릴 줄 아는 아이로 자라는데 도움이 될 것이라고 판단하였다. 다른 스포츠도 그러하지만 특히 축구는 양보와 배려가 필수다. 양보와 배려하는 마음만 있으면 모두의 친구가 될 수 있다고 판단하였다.

더불어 방과 후에 친구들과 어울려 다니는 것을 말리지 않았다. 안전한 곳에서 남에게 피해 주지 않고 놀도록 하였다. 다른 사람들은 학원을 보내야 한다는 충고도 했지만 너희들이 가고 싶어 하지 않으면 강요하지 않았다.

둘째 아들 용하는 초등학교 3학년 때부터 배구도 하였다. 전혀 공부에 방해되지 않았다. 오히려 집중력 향상에 도움이 되는 듯했다. 그 덕분에 중학교에 가서는 전국 스포츠클럽대회에 출전하여 우승까지 하였다. 얼마나 값진 경험이냐?

요즘 아버지가 주변 사람들에게 종종 듣는 이야기가 있다.

보통 공부 좀 한다고 하면 친구도 적고, 공부 안 하고 노는 아이들과 어울리지 않는데 너희들은 그렇지 않아서 좋다는 것이다.

엄마도 상담 선생님에게 너희들의 교우관계가 정말 좋으며, 특히 대부분의 아이들이 너희들을 싫어하지 않는 것이 신기하다는 이야기를 들었단다.

이 모든 것이 어릴 때 너희들이 쌓은 경험들이 몸에 체득된 결과라고 생각한다.

너희들의 자식들도 사람에 대한 편견과 선입견을 갖지 않고 모두의 친구가 되도록 잘 키우면 좋겠다. 사람 관계는 머리가 아닌 마음이 하는 것이다. 그런 마음을 길러주도록 하여라.

마음이 많이 불편하다

마음이 많이 불편하다.
아버지가 책을 한 권 출간했다.
그런데 이 책이 완전하지 않다.
기본적인 오자와 탈자가 많다.
어머니가 매일매일 알려주는구나.
마음이 많이 불편하다.

책을 출간한 의도는 선생을 하면서 부당하다고 생각하는 것을 고치
고 싶었기 때문이다. 그리고 고치고 싶은 것을 아버지가 먼저 실천하겠
다고 세상에 약속하고 싶었다.
또, 생각을 공유하고 싶었다.
그래서 저자로서 받은 책을 주변에 많이 돌리지 않았다.
한 권이 판매되더라도 읽고 싶은 사람이 진정으로 구매하기를 원했다.
하지만 그것마저 구매한 분들께 너무 미안하다.
오자와 탈자가 너무 많다.

책을 출간해야 되겠다는 욕심이 앞섰다.
출판사의 교정을 너무 믿었다.

긍정적으로 생각하면 실패를 통해 지혜를 얻었다고 생각한다.
하지만 그 지혜가 다른 이의 희생을 동반했기에 마음이 불편하다.
너무 불편하다.

아들!
좀 많이 신중해야 되겠다.
특히 대중을 상대로 한 것들에 대해서 더욱 그래야 되겠다.
요즘 잠을 많이 설친다.
마음이 많이 불편하다.

아들!
자기의 생각이나 표현에 대해서 꼼꼼하게 따지고 살펴서 드러내거라.
책을 출간한 것은 아버지여서 책임이 출판사보다 아버지가 더 크다.
저자 확인 과정을 좀 더 꼼꼼하게 살폈어야 되는데 후회가 많이 된다.
그리고 책을 출간한 의도보다 그저 그런 책으로 인식될까 싶어서 마음이 불편하다.

책을 구매한 분들께 너무 죄송하다.
그래서 마음이 많이 불편하다.

비굴하지 않아도 출세한다

이번에 아버지가 교감 승진 대상자가 되었다. 면접과 연수에서 특별한 일 없으면 교감 자격을 얻어서 교감으로 발령이 날 수 있다. 이런 날이 오면 많이 기쁠 줄 알았는데 생각만큼 그렇지 않다.

그리고 아버지가 승진을 하려고 마음먹은 것은 수업에 대한 열정이 식은 것이 아니라 비굴하지 않아도 승진할 수 있다는 것을 증명하고 싶었기 때문이다. 승진에 대한 아쉬움이 있는 많은 선배들이 '굽실거리지 않아서', '인사(돈을 포함한 접대) 할 줄 몰라서', '성격이 깨끗해서' 등으로 자기변명을 하는 것을 줄기차게 봤다. 즉, 부도덕한 사회와 타협이 안 되어 승진을 못했다는 주장이다.

아버지 생각은 다르다.

맡은 역할을 충실히 하고, 다른 이에게 인정받을 정도의 전문성을 가지고 있고, 생각이 다른 부분에 대해서 논리적인 주장을 펼치면 오히려 능력을 인정받아 더 출세가 빠르다고 생각한다.

남들은 아버지가 주장이 강하다고 생각한다. 그러나 아버지는 동의하지 않는다. 교감이든, 교장이든, 교육장이든, 교육감이든 그분들의 생각이 일반적이지 못하여 비교육적이라면 논리적으로 반박하여 교육적인 선택과 결정을 할 수 있도록 도와야 한다고 생각한다. 그런데 보통의 사람들은 아버지의 이런 생각과 행동을 '강하다'고 표현한다. 그래서 자꾸 부드러워지라고 강요한다.

하지만 이것은 부드러워지는 것이 아니라 정의롭지 못한 것이다. 정의롭지 못한 행동을 유연한 것으로 대체하여 정의로움을 폄하하는 비겁한 행동일 뿐이다.

아버지의 이런 신념 때문에 마음의 상처를 입은 적도 있다. 하지만 아버지를 좋아하는 많은 분들 덕분에 도움을 받은 적이 더 많다. 이분들의 도움으로 교감 승진 대상자가 된 것인지도 모른다.

사람들은 상대방의 의견에 반대하는 주장을 하는 걸 싫어한다. 특히 상대방에게 얻어야 될 것이 있을 때는 더욱 그렇다. 그래서 상대방이 다소 억지를 부리고 선택과 결정을 잘못 하더라도 맞장구 쳐주고 자신이 얻어야 될 것만을 추구한다. 그리고 출세하려면 어쩔 수 없다고 위로한다.

그런데 보통 상대방들은 자신의 잘못된 선택과 결정을 논리적으로 반박하고 예의 바르게 이의를 제기하는 것을 싫어하지 않는다. 싫어한다고 생각하는 것은 의견을 제시할 때의 태도가 잘못되었기 때문이다. 소리를 지르거나 화부터 내거나 다그치거나 가르치듯이 접근하면 당연히 싫어한다.

선택과 결정은 상대방의 고유 권한이다. 이 고유 권한이 잘못된 것처럼 싸우듯이 접근하면 반드시 싫어한다. 하지만 예의 바르고 품위 있게 올바른 정보 제공자로서의 역할을 한다면 오히려 더 좋아한다. 이런 것이 유연한 사고에서 오는 부드러운 행동이다. 자신의 이득을 위해서 무조건 '예스'하는 것과는 완전히 다른 것이다.

전문성을 기르는 것이다.

맡은 역할에 대한 전문성을 갖고 있으면 조직 내에서 인정을 받는다. 자신의 전문성에 의한 선택과 결정이 조직의 이익으로 연결되는 것은 당연하다. 그 대가로 좋은 자리로 이동하는 것을 동료들은 인정한다. 물론 시기하는 동료도 있지만 신경 쓰지 마라. 이런 부류는 항상 있다.

전문성은 끊임없는 공부를 통해 가능하다. 끊임없는 공부는 학창시절의 공부하는 습관이 좌우한다. 시험을 보기 위해 단순히 암기만 하는 방법은 쓸모없다. 자신이 하고 싶은 것을 찾고, 찾았다면 접근 방법을 탐색하고, 탐색한 결과에 맞게 극복해가는 과정이 올바른 공부법이다.

아버지가 공부하라는 잔소리를 하지 않고 하고 싶은 것과 너희들의 오늘 계획이 뭔지를 물어보는 것도 너희들을 올바른 공부법으로 유도하기 위한 것이었다. 흔히 말하는 SKY 대학을 나와야 하고 싶은 것 이룰 수 있으면 너희들이 그렇게 해야 되고, 반대로 굳이 대학에 갈 필요가 없다면 너희들이 그렇게 선택해야 되는 것이다. 너희들의 선택에 의한 문제 해결 태도가 올바른 공부법이다. 이런 공부법이 사회생활에서 전문성을 쌓게 하는 것이다.

흔히 어른들이 학교 공부 잘하는 것과 사회생활과는 아무 관계가 없다고 이야기를 하는데, 아버지는 '시험 잘 치기 위해서 공부한 아이보다 목적의식을 가지고 전문성을 쌓기 위한 공부를 한 아이가 더 출세한다.'로 해석하고 싶다.

다음으로 도덕성이다.

도덕성이 결여된 전문성과 부드러운 태도는 위선이다. 위선적인 태도는 지속성이 떨어진다. 자신의 욕심을 채우고 나면 금방 본성이 드러나기 때문이다. 아무리 나에게 필요하고 욕심이 나는 것이라 하더라도 사회적 윤리에 어긋나고 사람으로서의 도리가 아니라면 과감하게 포기해야 한다.

위선자들과 비도덕성으로 한번 묶이면 빠져나오기 어렵다. 비도덕성을 숨기기 위해서 위선자들과 행동을 같이 해야 한다. 그러다가 결국 조직에서 큰 낭패를 당한다.

위선자들이 가장 두려워하는 것이 도덕성을 갖춘 사람이다. 선택과 결정을 할 때 도덕성을 최고의 기준으로 삼으면 위선자들과 결별하고 지혜로운 사람을 만나서 너희들의 가치를 제대로 인정받을 것이다.

논리적인 유연한 사고에 의한 부드러운 태도, 전문성, 도덕성만 갖춘다면 출세하는 데 아무 문제가 없다. 이것을 갖추기 위한 노력을 게을리하면서 출세하려면 비굴해야 된다는 것은 위선자들의 자가당착적 주장에 불과하다.

비굴하지 않아도 출세한다.

비굴하지 마라. 아버지도 그렇게 할 것이다.

부끄러운 아버지다

어머니와 영화를 보고 나오는 길이었다. 정말 아름다운 광경을 순간적으로 보았다. 영화의 스틸 컷처럼 다가왔다. 여운이 참 오래갔다. 엄마에게 얼마 전에 극장에서 아버지와 아들의 광경을 보았는지 물었더니 못 보았다고 했다.

아주 해맑게 웃는 행복한 모습으로 아버지와 눈을 마주치며 이야기하는 아이의 모습과 아버지도 아들을 바라보며 싱긋이 웃는 모습은 흔히 볼 수 있는 광경이다.

하지만 아버지가 장애인이라면 어떻겠니? 한눈에 봐도 장애를 가졌다. 아들은 초등학교 6학년에서 중학교 2학년 정도 되어 보였다. 정서적으로 민감한 나이인데 장애인 아버지와 영화관을 찾기가 싫지 않았을 것이다. 그것도 아주 행복한 표정으로….

너희 할아버지는 한쪽 다리가 구부러지지 않는 장애를 가지고 계셨다. 처음부터 장애를 가진 것이 아니라 6.25전쟁과 관련이 있는 것 같았다. 할머니에게 왜 다쳤는지 들었지만 신빙성이 부족하여 전하고 싶지 않다. 내가 어릴 적에는 할아버지의 다리가 불편한 것을 의식하지 않았다. 그저 조금 다른 것으로 생각했다. 그리고 상처를 한 번도 본 적이 없기 때문에 그렇게 고통이 따르는지 몰랐다.

초등학교 고학년이 되면서 동네 친구들이 할아버지를 '절름발이'라고 놀리기 시작했다. 들릴 듯 말 듯 교묘하게 놀리기 시작했다. 할머니께서 대응하지 말라고 신신당부해서 참았다. 그런데 그때부터 할아버지와 함께 다니는 것이 싫었다. 저 멀리 할아버지가 보이면 숨는 일이 많았다. 지금 생각하면 눈물이 많이 난다. 할아버지가 받았을 상처를 생각하면 나 자신에게 너무 화가 난다. 많이 부끄럽다.

버스를 타고 내리실 때, 계단을 오르고 내리실 때, 식당 바닥에 앉고 일어나실 때 손 한 번 제대로 내밀지 않았다.

나이가 들면서 할아버지의 상처를 보았더니 고름이 흐르고 있었다. 그리고 할머니와 병원에 갔더니 일찍 치료하지 못해 완치가 힘들다고 했다. 게다가 다쳤을 당시 잘 치료가 되었고 관리가 잘 되었으면 지금 수술하면 정상인처럼 걸어 다닐 수 있었을 것이라는 이야기를 의사선생님이 했다.

마음이 많이 아팠다. 할머니도 돈만 좀 있었으면 늦게라도 치료받아 정상인처럼 걸어 다닐 수 있었을 텐데 나 공부 시킨다고 그렇게 하지 못했다고 했다. 화가 나서 지금이라도 빚을 내어서 수술하자고 했더니 이제는 할아버지의 체력이 약해져서 수술할 수도 없고 수술을 해도 나아질 보장이 없다고 하더구나.

나 때문에 평생 다리를 절고 다니셨고 고통 속에 하루하루를 사셨는데, 그것도 모르고 할아버지를 부끄럽게 생각한 나 자신이 너무 싫었다. 그리고 철이 든 이후부터 잘해드리려고 했지만 마음과는 반대로 몸이 움직이는 일이 한두 번이 아니었다. 십 년 넘게 나쁜 놈으로 살았는데 갑자기 착한 놈으로 바꾸려는 것 자체가 과한 욕심이었을라나?

그렇게 고생하시던 할아버지가 돌아가시고 어머니와 결혼하면서 할머니를 모시고 지금까지 살고 있다. 어머니에게 정말 고맙고 너희들에게도 마찬가지다. 할머니만이라도 가까이에서 잘 모시고 싶은 욕심 때문이었다. 그리고 너희들과 어머니 아버지도 할머니에게 많은 도움을 받았다. 너희들의 온화한 성격은 할머니 덕분이라고 생각한다. 나와 어머니도 할머니 덕분에 직장생활 편하게 할 수 있었다.

할아버지에게 한 실수 반복하지 않으려고 노력하고 있지만 간간이 할머니와 말다툼을 한다. 편하게 쉬시라고 해도 그냥 막무가내다. 이제는 웬만하면 당신의 뜻대로 그냥 놔둔다.

나는 다짐하고 다짐한다.

나는 무조건 우리 가족 편이다. 너희들이 잘못한 일이 있어도 나는 무조건 너희들의 편이 될 것이다. 물론 지금도 너희들이 대단히 자랑스럽다. 공부를 잘해서 모범생이라서 자랑스러운 것이 아니라 그냥 나의 아들인 것이 자랑스럽다. 너희들이 못난 일을 했더라도 절대 부끄러워하지 않을 것이다. 당당하게 내 아들이라고 밝히고 함께 책임질 것이다.

우리 가족은 무조건 우리 가족 편이 되고 실수를 했더라도 감싸주고 품어주며 어루만져 주자. 그것이 가족 아니겠나?

그렇게 살자!

그날의 영화도 괜찮았지만 아버지와 아들의 행복한 장면을 잊을 수 없다. 그 장면이 어찌나 유년기의 나를 부끄럽게 하던지….

술과 담배는 마약이다

할아버지는 유명한 술꾼이셨다. 내가 할아버지를 처음 알게 된 날도 할아버지는 술과 담배를 하고 계셨다. 할아버지를 나쁘게 본다는 뜻은 절대 아니다. 그 당시에는 담배와 술이 기호식품이라는 인식이 자리 잡고 있었고, 부작용에 대한 인식도 전혀 없었던 시대여서 어른이 되면 당연히 술과 담배를 하는 게 자연스러웠다.

그리고 나도 어릴 적에 할아버지 술심부름을 하며 몰래몰래 장난으로 먹곤 했다. 동네 형님들하고 불장난을 하면서 담배 피우는 시늉도 내곤 했다. 대학생이 되어서 술과 담배를 달고 있었는데, 이때도 술과 담배의 부작용에 대한 인식은 별로 없었다. 선생이 되어서도 교실과 교무실에서 담배를 피워도 아무런 제재가 없던 시절이었다.

그리고 당시의 홍콩 영화배우 주윤발은 담배를 멋있게 피우는 것으로 유명했는데, 길거리 여기저기서 따라 하는 사람들도 많았다. 아마 애연가들에게는 이 시대를 담배의 르네상스 시대로 기억할 것이다.

하지만 20대 말쯤에 알았다. 담배가 정말 건강에 해롭다는 것을. 술과 담배를 함께 한 다음날은 머리가 엄청나게 아팠다. 상쾌하지도 않았고 항상 뭔가가 부옇게 끼어 있는 느낌을 받았다. 그러다가 친구들에게 생일 선물로 받은 고급 터보 라이터를 잃어버렸던 적이 있었다. 이것을 계기로 담배를 끊었다. 끊은 뒤에도 간간이 피기는 했지만 그 다음날은 어김없이 머리가 아팠고 상쾌하지가 않았다. 지금은 완전히 끊었고 담배 냄새는 맡기도 싫다.

담배는 정말 나쁜 것이다. 애연가들은 순간적인 스트레스를 풀고 창의적인 생각을 발상시킨다고 하지만 잃는 것이 너무 많다. 지금은 담배의 해로움에 대해서 다 알고 있기 때문에 더 이상 잔소리하지 않을 것이다.

담배를 끊는 가장 좋은 방법은 시작을 안 하는 것이다. 호기심도 갖지 말아야 한다. 독극물로 생각해야 한다. 실제로도 그렇다는 것을 잘 알 것이다.

나는 비교적 쉽게 담배를 끊었지만 주변에 담배를 끊지 못해 힘들어하는 사람들이 너무 많다. 중독이 되었기 때문에 보통의 의지력과 인내력을 갖고는 끊기 힘들다. 그래서 아예 처음부터 시작을 안 하는 것이다. 무엇보다 중요한 것은 담배 피우는 친구들이 많아도 따라하면 안 된다는 것이다. 만약 그런 친구들이 있다면 단호하게 너희들 앞에서는 피우지 못하게 해야 한다. 그리고 노골적으로 담배 냄새 싫다고 해야 한다. 친구의 의리를 생각하여 허용하다 보면 자연적으로 따라 하게 된다.

담배는 절대로 시작하지 마라. 너무 쉽게 중독되는 독극물이다.

피는 못 속인다고 나도 할아버지만큼 술을 좋아한다. 어릴 적에는 술을 먹으면 가슴이 두근거리고 얼굴과 목 전체가 빨개져서 술이 맞지 않다고 생각했는데 어울려서 자꾸 먹었더니 이제는 아무렇지도 않다. 하지만 많이 줄이려고 한다.

한국이라는 나라의 남자 직장인이 술을 먹지 않으려면 엄청난 비난과 유언비어에 시달려야 한다. 지금은 가정 중심의 문화가 자리를 잡아가고 있어서 예전만큼은 아니라고 하지만 남자 직장인에게 술은 친구와 같은 존재다.

그렇다고 술이 좋은 것은 아니다. 술도 처음부터 시작 안 하는 것이 제일 좋다. 그리고 억지로 술 마실 필요 없다. 당당하게 술을 마실 줄 모른다고 이야기해야 한다.

술 마실 줄 모르면 출세하기 어렵다고 하는데, 어느 부분은 인정하지만 절대적인 진리는 아니다. 너희들이 충분한 능력이 있고 바른 인간관계가 형성되어 있다면 아무 문제없다. 술 마실 줄 몰라도 너희들이 매력적이면 많은 사람들과 함께할 수 있다.

하지만 조심스럽게 이야기한다. 조금은 먹어라. 분위기에 맞는 와인 한 잔, 더운 여름날 퇴근길의 시원한 맥주 한 잔, 추운 겨울 따끈한 사케 한 잔은 삶을 더 풍요롭게 할지 모른다. 술을 적당히 즐겨라. 그런데 정말 어렵다. 그래서 조심스럽게 이야기하는 것이다. 좋은 사람들과 차 마시듯 마시는 술이 적당하다고 생각한다.

요즘 나는 술을 마시다가 머리가 멍하면 그만둔다. 그리고 술을 먹기 위한 약속은 정하지 않는다. 스트레스가 있으면 술로 풀곤 했는데 이제는 집에 오면 엄마와 바로 운동 간다. 술 생각이 있다가도 운동을 시작하면 스트레스가 다 풀린다.

스트레스 받았다고 술 마시지 마라. 오히려 즐거운 일이 생겼을 때 기분 좋게 한잔해라. 그러면 다음날이 깔끔할 것이다.

꼭 부탁할 것이 있다. 술을 마시고는 어떤 선택과 결정을 절대로 하지 마라. 술을 마시면 세상의 모든 것이 자기 뜻대로 될 것이라는 착각에 빠진다. 그래서 쉽게 선택과 결정을 하는 경향이 많다. 절대로 그렇게 하지 마라. 인간관계뿐만이 아니라 금전적으로도 엄청난 손해를 보게 된다.

술을 마실 일이 생겼다면 미리 선택과 결정을 하지 못할 물리적 환경을 만들어라. 특히 중요한 결정과 선택을 할 경우는 술집에서 사람 만나지 마라. 술을 절대 가까이 두지 마라. 노련한 브로커들은 이 점을 잘 알기 때문에 자신들의 이득을 극대화하기 위해 술자리나 술집을 만남 장소로 반드시 이용한다. 절대로 말려들지 마라.

연애할 때도 마찬가지다. 술 먹고 약속 남발하다간 평생 후회할 일이 생긴다. 여자친구와 분위기 있게 차 마시듯 술 즐기는 것으로 만족해라. 술 먹고 전화해서 엉뚱한 소리 하지 말고 술 먹은 기분에 엄청난 일 치르지 마라. 반드시 후회한다.

술 마시고 절대로 결정과 선택하지 마라.

담배와 술은 모두 독극물이고 마약이다. 처음부터 안 하는 것이 제일 좋다. 남과 차별되는 능력과 원만한 인간관계를 유지한다면 건강하면서 더 화려하고 풍족한 인생을 즐길 수 있다. 능력 없음과 나쁜 인간관계를 만회하기 위해 술과 담배를 선택하지 마라. 그만큼 어리석은 것이 없다. 이런 어리석은 사람들이 자신들을 합리화하기 위해 담배와 술이 인간관계를 만든다고 떠벌리고 다니는 것이다. 절대로 현혹되지 마라.

너희들의 매력이 술과 담배보다 뛰어나면 아무 문제없다.

술과 담배를 이기는 매력 있는 사람이 되어라.

나는 믿는다.

첫 도전에 대한 칭찬이 평생을 좌우한다

담배연기가 자욱한 시골의 작은방에 환하게 웃고 있는 사람들이 있다. 그들의 가운데에 이제 막 한 걸음을 떼다가 넘어지는 아이가 있다. 그들이 '어이쿠!' 하며 다시 일으켜 세운다. 가운데에 있는 그 아이는 다시 어설프게 일어나 한 걸음 두 걸음을 떼다가 넘어진다. 그들은 두 걸음을 뗐다며 환호성을 지른다. 그리고 다시 아이를 일으켜 세운다. 그 아이는 그들의 환호성을 다시 듣기 위해 걸음마를 시작한다.

아버지가 세상에 태어나 처음으로 기억하는 장면이다. 그리고 처음 들은 칭찬이다. 지금도 그 장면을 떠올리면 그렇게 행복할 수 없다.

흔히 칭찬의 위력을 이야기할 때 『칭찬은 고래도 춤추게 한다』는 켄 블랜차드의 책을 많이 인용한다. 하지만 대부분의 사람들은 이 고래가 범고래인 줄은 모른다. 귀여운 돌고래로 생각하는 사람이 많다. 책을 읽어보지 않고 무조건 인용한 결과다. 내용은 포악한 범고래를 길들이는 방법이 칭찬이라는 것이다. 범고래에게 적용한 것을 범고래보다 모든 면이 뛰어난 사람에게 단순하게 대입하는 것이 무리가 많음에도 칭찬의 위력을 강조할 때마다 인용하는 문구이다.

'사람은 가짜 칭찬에 대해서 감동받지 않는다.'

'사람은 습관적인 칭찬에 대해서도 감동받지 않는다.'

많은 부모들이 아장아장 걷는 아이에게 극존칭을 사용하면서 습관적으로 칭찬을 한다. 부부싸움을 하다가도 아이가 나타나면 갑자기 환한 얼굴로 아무것도 하지 않고 쳐다만 본 아이에게 의미 없는 칭찬을 한다. 영혼이 없는 칭찬 남발의 시대다.

하지만 칭찬받을 행동을 했을 때 칭찬해야 칭찬의 의미가 있다.

칭찬을 주고받아야만 행복한 생활을 할 수 있다고 사람들이 착각을 하는 것 같다. 칭찬이 없어도 쓸데없는 일에 화내지 않고 악의적이지 않은 실수는 서로 위로하고 배려하면 웃을 일 많아지고 행복한 생활을 할 수 있다.

칭찬은 도전과 공감, 성취에 따른 심리적인 보상의 기능이다. 즉 우리 삶을 한층 더 풍요롭게 하는 것이 칭찬이다. 그래서 인간의 감성을 공유하는 공감이 최고의 칭찬이다. 물질적인 인센티브는 칭찬이 아닌 우리 뇌를 일시적으로 기분 좋게 마비시키는 마약이다.

요즘 진정한 공감의 칭찬보다 물질적인 보상으로 칭찬을 하는 부모들을 보면 많이 우려스럽다. 자세한 내용은 내가 쓴 『내 수업을 간섭하지 마라』 책 속의 '인센티브는 마약이다'를 읽어보면 물질적인 인센티브의 부작용을 과학적으로 설명해 두었다. 아마 너희들은 벌써 읽었을 것이다.

칭찬은 시기가 적절해야 한다.

첫 도전에 대한 인센티브가 진정한 마음을 공유하는 공감의 칭찬이 되어야 한다. 제대로 기억도 나지 않는 어릴 적에 받은 칭찬을 어떻게 기억할 수 있겠느냐고 반문하는 사람들이 있다. 잘못하는 생각이다. 갓 난아기 때 받은 공감의 칭찬은 머리가 기억하는 것이 아니라 몸이 기억하는 것이다. 기억도 나지 않는 부모님과의 나들이에서 주고받은 스킨십과 공감의 칭찬을 머리가 아닌 몸이 기억하는 것이다. 성격의 형성에 엄청난 영향을 미치는 요소이다.

그래서 나는 요즘 국가의 보육정책에 반대한다. 부모들이 돈을 벌게 하기 위해 아이들을 초등학교 돌봄교실이나 어린이집에 늦게까지 맡기도록 보조금을 주는 정책에 반대한다. 아이가 있는 부모님이 직장에서 불이익을 받지 않으면서도 아이들과 함께 있을 수 있는 시간을 늘려 주어야 한다. 그렇게 해야 아이가 바르게 성장할 수 있다.

현재의 정책으로는 많은 부작용이 생길 것이다. 이런 부작용에 대처하기 위해 가까운 미래에 엄청난 사회적 비용 투입되어야 할 것이다. 국가정책을 이야기하기 위한 것이 아니었는데 너무 멀리 온 것 같다.

어릴 때 하는 많은 행동들이 첫 도전이다. 아낌없는 환호가 필요한 시기다. 그리고 좀 더 자라면 내가 너희들에게 한 것처럼 너희들의 자식이 하고 싶은 것을 생각으로 머물게 하지 말고 과감하게 도전하게 해라. 그 결과가 만족스러우면 당연히 공감의 칭찬을 해야 하겠지만, 그렇지 못하더라도 과감하게 도전한 것과 그 과정에 아낌없는 박수를 보내라. 그래서 그것을 실패가 아닌 또 다른 시작의 계기로 만들어 주어라. 새로운 시작을 만들어주는 것도 훌륭한 칭찬이다.

칭찬은 많이 할수록 좋다. 하지만 사람은 종만 치면 침을 흘리는 동물이 아니기에 무미건조하고 진정성이 없는 칭찬은 효과가 없다. 더불어 물질적인 보상이 공감하는 칭찬을 대신할 수 없다.

칭찬은 때가 있다. 가장 적절한 때가 첫 도전이다.

꾸준히 도전하고, 공감으로 칭찬하자.

나에게 가족은 특별하다

나에게 가족은 특별한 존재다. 그래서 가능하면 너희들이 원하는 자리에 함께 있고 싶다. 내가 직장생활을 하는 것도 우리 가족이 특별하기 때문에, 그 특별함을 유지하기 위해서다.

너희들이 유치원에 다닐 때 아버지와 함께하는 교육활동을 많이 했다. 그때는 내가 정말 바빴기 때문에 귀찮기도 했다. 하지만 아버지가 있는데 어머니가 대신하는 것이 마음에 걸려서 꾸준히 참석했다. 드디어 너희들이 유치원을 졸업을 하던 날, 나는 큰 해방감을 얻었다. 하지만 너희들이 초등학교를 다닐 때도 운동회와 학예회를 보기 위해 조퇴신청을 했다.

간혹 남들이 자식의 교육활동 보러 조퇴를 내는 것에 딴지를 걸기도 했지만 개의치 않았다. 내가 직장생활을 열심히 하는 이유가 무엇인가? 나에게 특별한 가족들에게 그 특별함을 유지하기 위함이 아닌가?

어제는 정말 오래간만에 고등학교에 다니는 둘째 아들 용하와 함께하는 교육활동을 하게 되었다. 도우미 역할을 하기 위해 직장에 연가를 신청했다. 특별한 일이 발생하면 사용하는 것이 연가인데 사용 못 할 이유가 무엇인가?

자식들과 함께하는 시기는 정해져 있다고 생각한다. 그 시기에 바쁘다고 함께하지 않으면 후회할 일이 생길 것이라고 생각한다. 바쁘고 빠듯해도 억지로 시간 만들어 가족과 함께하는 것이 얼마나 특별한 행복인가?

이제 너희들이 커서 함께하는 시간이 많이 줄었다. 그럼에도 틈틈이 너희들에게 나와 엄마의 도움이 필요하면 언제든지 말하라고 이야기하는 것은 필요할 때 함께하기 위해서다.

가족이 함께하는 것이 당연한 것인데 먹고산다는 이유로 특별함이 되어버린 현실이 아쉽다.

하지만 우리는 그렇게 하지 말자.

필요할 때 함께하자. 같이 노력하자!

사람은 다 똑같다

얼마 전에 엄마와 너희들과 고깃집에서 한 이야기를 기억하고 있니?

대기업 회장이 기사를 폭행한 사건이나 아파트 입주민이 경비원을 비인간적으로 대한 사건을 비롯해 흔히 갑질 논란으로 매스컴이 제법 시끄럽다. 보통의 우리는 갑질을 한 사람만 비난하다가 기억에서 지워버린다. 하지만 나는 우리나라 사회 구조 때문에 생기는 문제라고 생각한다.

국민은 평등하다고 법에 명시되어 있지만 지위가 높아지면 무소불위의 권력을 휘두르는 구조, 권력과 돈이 법을 이기는 구조, 권력과 돈과 배경이 없으면 온갖 수모를 당하는 것을 당연하게 받아들이는 구조.

이런 사회 구조가 바뀌지 않으면 우리나라에서 갑질은 영원히 사라지지 않을 것이다. 그래서 너도나도 좋은 자리에 오르기 위한 시작으로 좋은 대학에 가려고 기를 쓰는 것이다. 그리고 소수 특권층은 이것마저 학생들의 전인적인 발달을 도모한다는 이유를 내세워 자기들에게만 유리한 온갖 지저분한 제도를 만들어 접근을 어렵게 하고 있다.

너희들에게 하고 싶은 이야기는, 이런 구조 속에 살고 있는 우리들이

기에 돈과 권력을 쥐면 누구나 다 갑질을 할 수 있다는 것이다. 그래서 항상 사람은 다 똑같다는 것을 잊지 말고 말과 행동으로 옮기면 좋겠다. 서로 하는 일만 다를 뿐 모두 사람이다. 똑같은 사람에게 인격적인 모독이나 신체적인 고통을 가할 권한을 부여받은 이는 없다.

너희들의 생활공간에는 청소를 하는 사람부터 최종 선택을 하는 사람까지 정말 다양한 사람들이 있다. 청소를 한다고 부당한 대우를 하면 안 된다. 나보다 육체노동 많이 하고, 보통의 사람들이 회피하는 일한다고 경솔하게 행동하면 안 된다. 그분들이 노력하지 않아서 그런 일을 하는 것 아니다. 어느 누구보다 최선을 다하는 삶을 살고 있다. 함부로 그분들을 비난하지 마라.

가까운 미래에 너희들이 그분들이 하는 일을 하게 될지 어떨지는 아무도 모른다.

사회 구조를 바꾸는 일은 어렵다. 그래서 너희들에게 사회 구조를 바꾸는 일을 하라고 말하고 싶지는 않다. 좀 더 솔직해지면, 비뚤어진 생각을 가진 사람들을 상대로 바른 생각을 갖게 하는 것이 얼마나 많은 고난과 고통의 연속이 될 것이라는 것을 알기 때문에 말리고 싶다.

하지만 너희들이 속한 일터에서는 하는 일에 따라 급을 나누어 사람을 대우하는 천박한 짓을 절대로 하지 마라. 그리고 운 좋게 최종 선택을 하는 자리에 오른다면 구조적인 문제를 구성원들과 합의하여 합리적으로 해결하면 좋겠다.

하루아침에 습관화되지 않는다.

일상생활에서 따뜻한 말과 진정성 있는 행동으로 사람을 대해라.
사람은 다 똑같다.

법 이전에 인간 존중이다

내가 훌륭한 질서의식을 가지고 있다고 생각하지 않는다. 하지만 나로 인해 다른 사람이 피해를 보는 것도 원하지 않는다. 그리고 이왕이면 나의 말과 행동으로 다른 사람들의 마음이 좀 부드러워지고 따뜻해지면 좋겠다는 생각으로 하루하루를 살아간다.

너희들이 아주 어릴 적부터 식당을 함께 가면 나와 엄마는 정해진 자리에 편안하게 앉아서 오손도손 이야기했고, 어쩌다 너희들이 식당을 뛰어다니면 조용히 데려와 '뛰지 마라!'라는 고함을 치기보다 너희들이 좋아하는 이야기를 함께 했다. 또 목욕탕에 가면 요란하게 하지 않았더니 너희들도 그렇게 하지 않았다.

이런 이유인지 모르겠지만 너희들도 자연스럽게 식당이나 목욕탕에 가면 남에게 피해를 주는 행동을 하지 않았다. 오히려 어린 너희들이 너희 또래의 아이들이 뛰어다니는 것을 보고 '그렇게 하지 마라.'라고 이야기하는 것이 부끄러울 정도였다.

이런 너희들을 보고 그 아이들의 부모님이 삐죽거리거나 너희들을 나무라는 것을 보면 어찌해야 할지 모를 때가 종종 있었다. 내 친구들도 집에서 엄하게 교육을 시켜서 아이답지 못하다고 이야기하곤 했는데 좀 억울했다. 더불어 주위의 어른들이 너희들을 아이답지 못하다거나 심지어 좀 모자라는 아이로 여기려는 것에 많이 속상했다.

요즘 너희들과 차를 같이 타고 가면서 교통법규를 어기는 차를 보고 '저렇게 하면 상대 차량이 위험해진다.'는 이야기를 할 때가 있다. 그리고 차를 운전하게 되면 항상 상대방을 배려하고 방어운전을 하라고 강조한다. 너희들이 어릴 적에 엄마와 나의 행동을 보고 자연스럽게 민주시민의 기본 자질을 익혔듯이 교통법규도 마찬가지이다.

불미스러운 상황을 보았으면 어떤 행동을 하는 것이 바른 것인지를 생각하고 그렇게 행동할 것이라고 다짐해야 한다. 그래야 너희들이 그런 상황이 되면 바르게 행동하게 된다.

물가 상승에 비해 얻는 것이 적으니 사람들이 자꾸 신경질적으로 변하고 사소한 일을 크게 만들고 친절하게 대해주면 이용하려 한다.

하지만 일시적인 현상일 뿐 사람의 기본 심성은 그렇지 않다고 생각한다. 그래서 서로의 잘잘못을 돈과 권력으로 해결하려 하거나 사건이 생긴 후 무조건 법으로 해결하려는 것은 바람직하지 않다고 생각한다.

손해 본다는 생각을 접고 존중을 바탕으로 한 배려가 일상화되기를 바란다. 너희들의 자식들도 너희들의 인간존중 행동으로 너희들처럼 바르게 자라면 좋겠다.

믿는다.

균형 잡힌 시각이 중요하다

'책 백 권을 읽은 사람보다 책 한 권 읽은 사람이 더 똑똑하다.'는 말이 있다. 물론 실제로 똑똑하다는 이야기는 아니고, 그 한 권의 책이 전부이고 진리인 양 말하는 것을 비꼬는 말이다.

세상살이도 마찬가지이다.

늘 한쪽 면만 바라보면 그쪽이 세상의 전부라고 생각한다. 그래서 다른 쪽에 살고 있는 사람들의 삶을 이해하려 들지 않는다. 더 나아가 내가 바라보는 곳이 아닌 다른 곳을 바라보는 사람의 생각이 틀렸다는 극단적인 생각까지 하게 된다. 사회 갈등의 시작이다.

나는 너희들이 다양한 관점에서 세상을 바라보는 시각을 가졌으면 좋겠다. 얼마 전에 태완이가 내가 읽고 있는 책을 읽으려고 하기에 읽지 못하게 했다. 그 이유는 책의 내용이 지나치게 우리 사회의 한쪽 주장만을 담고 있어서 균형을 잡아가는 시기에 있는 태완이가 읽기에는 부적절하다고 판단했기 때문이다. 잘 이해해줘서 고마웠다.

사람들은 좀 더 나은 삶을 위하여 각자의 방식으로 오늘을 살아간다.

그리고 각자의 방식대로 살아가는 사람들이 각자의 방식대로 살아가는 다른 사람들과 얽히고설켜서 살아가는 것이 사회다. 그래서 나만의 방식을 고집하거나 나만의 방식이 최고라고 치켜세우면 반드시 갈등이 생긴다. 그리고 이 갈등으로 삶이 힘들어진다.

때문에 각자의 삶을 살고 있는 다른 사람의 관점을 수용하는 '지혜'가 필요하다. 다른 사람의 방식을 무시하면 독불장군이나 고집불통이 되어 다른 사람의 협력을 얻어내지 못하기 때문에 '내가 꿈꾸는 삶'을 살 수 없고, 다른 사람의 방식을 무조건 수용하면 '나의 삶이 아닌 다른 사람의 삶'을 살아야 하기 때문에 다른 사람의 관점을 수용하는 것이 결코 쉽지 않아서 '지혜'라는 말을 빌렸다.

이 지혜를 얻는 방법이 '양면의 독서와 경청'이라고 생각한다.

양면의 독서는 한 가지 관점의 책을 읽었다면 그와 반대되는 관점의 책을 꼭 읽어보라는 것이다. 두 관점의 좋은 점을 수용하여 생활 속에서 실천하라는 의미다.

그리고 경청은 상대방의 의도를 정확하게 파악하기 위한 가장 확실한 방법이다. 우리는 다른 사람들의 말을 대충 듣고 자신의 구미에 맞게 편집하여 그 사람의 관점을 평가하지만, 실제로는 다른 사람들의 말을 주의 깊게 듣는다고 착각한다. 경청은 들어주는 척하는 것이 아니라 다른 사람의 말에 귀를 기울여 주의 깊게 듣는 것이다. 이 단순한 행위에 나와 관점이 다른 사람이 호감을 갖기 시작한다. 이 호감이 나의 말에 귀기울이게 하여 소통이 시작되는 것이다.

경청이 습관화되면 나와 다른 관점을 가진 어느 누구와도 소통이 가능하여 한쪽으로 치우치지 않는 현명한 판단을 내릴 수 있다. 그리고 경청으로 다른 사람의 관점이 나의 관점보다 현명하다면 그대로 수용하는 것이 지혜로운 선택이다. 경청은 소통의 시작이고 지혜를 쌓는 훌륭한 습관이다.

지구라는 울타리 안에 상상도 하지 못하는 다양한 관점을 가진 사람들이 치열하게 살아간다. 그 속에서 어느 한 관점으로 치우치지 않는 균형 잡힌 시각으로 지혜로운 선택을 하는 것은 정말 어렵다.

하지만 양면의 독서활동과 경청이 습관화 된다면 오히려 다른 사람들의 다양하고 특별한 관점이 너희들의 삶을 한결 더 풍요롭게 만들 것이다.

같이 노력하자.

자부심을 갖고 가족처럼 여겨라

이번에 이사를 하면서 많은 사람들을 겪었다. 항상 이야기하지만 나는 다른 사람들을 대할 때 무조건 잘해주려고 노력한다. 내가 감당할 수 있는 울타리면 생색 내지 않고 베풀려고 노력한다. 그리고 이런 나를 이용하려 하거나 어리숙한 사람으로 여기면 사정없이 모든 관계를 정리한다.

남을 이용하려는 사람은 당장은 잘 지내지만, 마음 상한 일이 조금이라도 있거나 손해 본다고 느끼면 온갖 말로 상대를 비난하며 떠나기 때문에 미련 없이 정리하는 것이 현명한 선택이다.

원래 살던 집이 팔리지 않아서 대출을 해야만 했다. 어느 은행을 선택할지 이것저것 꼼꼼히 살피고 있는데 부동산 중개업자가 가까이 있는 어떤 은행의 지점장과 부지점장을 잘 아니 상담을 받아보라고 권유했다. 그리고 자기 이름을 이야기하면 성의껏 도와줄 것이라고 했다.

어느 날, 중개업자가 말한 은행의 부지점장에게 누구의 소개로 대출 상담을 받으러 왔다고 이야기하니 아주 어색한 표정으로 대출 창구로 안내하며 창구 은행원과 상담해 보라고 했다. 나도 너무 멋쩍었다.

그래도 이왕 상담 받으러 온 차에 대출 상담을 했다. 부동산 업자와 부지점장에게 내가 선생인 것을 말하지 않았지만 대출 상담 은행원에게는 말하고 상담을 받았다.

그리고 나의 주거래 은행에 가서 똑같은 상담을 받았는데 조건이 어떤 은행보다 좋아서 주거래 은행에서 대출을 받기로 했다. 그런데 다음 날, 부동산 업자가 나에게 전화를 해서는 어떤 은행이 이자가 더 싼데 왜 주거래 은행에서 대출을 받느냐며 따졌다. 화가 났지만 꾹 참고 있는 그대로를 이야기하며 대출은 내가 알아서 결정한 일이니 관여하지 말고 아파트나 잘 팔아달라고 차분하게 이야기를 했다. 그런데 또 다음 날 이사를 하고 난 후 청소 전문 업체에 의뢰하여 원래 집을 깨끗이 청소해야 잘 팔린다고 강압적으로 이야기를 하는 것이었다. 내가 인간적으로 잘 대해주니까 이용하기 좋은 어리숙한 사람으로 여긴다는 생각이 들어서 따끔하게 부동산 업자면 정상적인 가격으로 아파트나 잘 팔아주면 되지 왜 대출이나 청소에 신경을 쓰냐며 따졌다. 그리고 그것은 내가 결정할 사항인데 왜 주제도 모르고 부동산 업자가 관여하느냐고 강한 어조로 말하고 정해진 기한까지 아파트나 똑바로 팔고 법이 정한 대로 수수료나 잘 받으라고 이야기했더니 아직까지 연락이 없다. 지금은 다른 부동산 업자가 아파트를 팔려고 노력하고 있다.

같은 동네에 있는 포장이사 업체에게 이사를 맡겼다. 그리고 이사 금액도 물었다. 그대로 지불할 테니 이사 날 잊지 말고 잘 부탁한다고 이야기했다. 그래도 혹시나 하는 마음에 이사 전날 업체에 연락을 하니 잊고 있는 눈치였다. 그리고 한참 뒤 알고 있다며 아침 일찍 오겠다고 해서 정확히 언제까지 올 수 있냐고 했더니 아침 7시 30분에 도착하겠다고 했다.

이삿날 아침, 7시도 안 되어 이사 준비하러 오겠다는 전화가 와서 먹던 밥을 먹는 둥 마는 둥 하고 이사 준비를 같이 했다. 부엌을 담당하는 아주머니에게 커피를 권하니 고맙다고 했다. 그리고 네 엄마는 다른 직원들에게 음료수와 커피를 제공했다. 이것저것을 살피며 이사를 돕다가 아주머니에게 '힘드시죠?'하니까 1초도 머뭇거리지 않고 '힘들어 죽겠다'고 한다. 참 난감했다. 그와 동시에 이사 업체를 잘못 선택했다는 생각이 들면서 오늘의 이사가 순탄치 않겠다는 불길한 생각이 들었는데 정확히 맞아 떨어졌다.

다른 직원도 당연히 본인들이 해야 될 일을 온갖 핑계를 대며 불평불만을 하고 일을 하지 않으려고 애를 쓰는 모습이 눈에 선명하게 들어왔다. 화가 머리끝까지 났지만 꾹 참고 일단 이사를 잘 마무리하기 위해서 최대한 부드럽게 부탁하는 말투로 일관했다.

새로운 집에 짐을 정리하는 모습을 보니 대충 건성으로 하고 정말 말도 아니었다. 마지막 청소도 바닥에 물만 묻히는 정도였다. 이사비용도 처음 제시한 금액보다 더 요구하기에 그대로 줬다. 그리고 마음으로 다짐했다. 두 번 다시 당신 업체에게 이삿짐 맡기지 않을 것이다. 그리고 주변의 사람들에게 당신 업체에게 이삿짐 절대로 맡기지 못하도록 할 것이다.

사회가 점점 부의 편중 현상이 생기도록 구조화되어 가고 있다. 나는 이런 불합리한 구조를 개인이 고치지는 못하지만 우리끼리 서로 연대하고 배려하고 공유하면 어느 정도 깰 수 있다고 생각한다. 그리고 이를 실천하기 위해서 부족한 부분이 약간 있어도 어려운 환경에 있는 사업체를 도우려고 한다.

하지만 최선을 다한 약간의 부족함이 아니라 자신의 일에 자부심도 없고 고객을 호갱으로 여기는 사업체는 전혀 도와줄 필요가 없다는 생각이다. 오히려 이런 업체는 빨리 폐업시켜서 비슷한 처지의 잘하는 업체가 손해를 보지 않도록 하는 것이 소비자의 지혜로운 행동이라고 생각한다.

너희들이 하는 일에 자부심을 가져라. 만약에 자부심이 없다면 빨리 자부심을 가질만한 다른 일을 찾아라. 자부심이 없는 일에는 보람도 없고 오히려 비난의 화살로 큰 상처를 입어 정상적인 사회생활을 할 수 없다. 부정적으로 굳어진 이미지를 벗으려면 엄청난 노력이 필요하다는 것을 충분히 알고 있을 것이다.

그리고 너희들이 하는 일에 자부심이 있다면 고객도 가족처럼 대해라. 우리 가족의 일처럼 성심성의껏 최선을 다해 응대해라. 눈앞의 이익에 눈이 멀어 고객을 호갱으로 대하는 어리석은 짓은 절대로 하지 마라.

직업에는 귀천이 없다. 어떤 일을 하더라도 자부심을 갖고 고객을 가족처럼 여긴다면 누구나 너희들을 자랑하고 응원할 것이다.

꼭 명심하자!

일의 순서와 작은 용기

지난주, 용하가 무척 바빴다. 그리고 용하 때문에 엄마와 나도 덩달아 마음이 급했다. 바쁜 일을 처리하면서 용하에게 대충 이야기했지만 한 번 더 당부한다.

가정의 일이든 직장의 일이든 희한하게 한가롭다가도 갑자기 물밀듯이 밀려오는 경우가 있다. 두 가지 이유가 있는데 하나는 나의 의지와 관계없이 가정에 갑자기 일이 생기는 경우와 직장 상사의 지시나 직장의 일이 갑자기 늘어나는 경우고, 두 번째는 한가할 때 처리해야 할 일을 미루었기 때문이다.

전자의 경우는 내 의지대로 조절하기가 어렵지만 후자의 경우는 평소 일의 순서를 정해 놓으면 어느 정도 분산시킬 수 있다.

내가 리더십에 한창 관심을 가질 때 어떤 강의를 통해서 알게 된 사실이 있는데, 해야 될 일은 크게 다급하고 중요한 것, 다급하지 않은 데 중요한 것, 다급하고 중요하지 않은 것, 다급하지도 중요하지도 않은 것으로 분류할 수 있다는 것이다.

보통 사람들은 다급하고 중요하지 않은 것과 다급하지도 중요하지도 않은 것에 많은 시간을 할애하는 경향이 많다. 예를 들면 시간을 보내기 위한 웹서핑, 시간을 보내기 위한 수다떨기, 시간을 보내기 위한 잠자기, 시간을 보내기 위한 멍 때리기 등이 그것이다. 그리고 이런 행동이 아무 의미가 없음을 알고도 선뜻 일하기 싫다는 이유로 반복한다는 것이다.

바꾸어야 한다.

다급하고 중요한 것부터 해야 한다. 그 다음은 다급하지 않은 데 중요한 것을 해야 한다. 나머지 두 개는 기본적인 인간관계 형성에 문제없을 정도면 충분하다.

그리고 여기서 주의해야 할 것은, 계속 다급하고 중요한 것을 최우선으로 하게 되면 다급하지 않은 데 중요한 것이 어느 시점에서 계속 다급하고 중요한 것이 된다는 것이다. 그래서 일이 부실하게 처리되거나 미래를 계획하지 못하는 잘못을 범하게 된다.

최우선의 다급하고 중요한 것을 처리하면서 다급하지 않은데 중요한 일을 여유 있게 실행해야 알차게 처리할 수 있고 다급하고 중요한 일이 생기는 것을 미연에 방지할 수도 있다.

어떤 이는 알고 있지만 인간이기 때문에 행동으로 옮기는 것이 어렵다고 말한다. 그러니깐 인간이 아니냐고 반문하기도 한다. 맞는 말이지만 순서를 바꾸면 의외로 쉽게 해결된다. 우리는 머리가 결정한 후 몸이 행동한다고 하지만 실제로는 몸이 먼저 하고 머리가 따라가거나 몸이 선택한 것을 머리가 합리화시키는 경향이 많다. 어디를 갈지 고민되는 갈림길을 두고 많은 생각을 하지만 막상 맞닥뜨리면 몸이 선택을 하지, 머리가 먼저 선택하고 몸이 행동하지 않는다. 그리고 선택한 것을 머리가 합리화시킨다.

그래서 하기 싫은 일을 시작할 때 머리로 생각하지 말고 일단 몸으로 시작하면 머리가 자동적으로 따라온다. 책을 펴기가 어려울 뿐, 펴고 난 후 읽는 것은 쉽다.

일의 순서가 정해지고 행동으로 옮기려면 작은 용기도 필요하다.

친구가 시간 때우기 위해 PC방 가자는 것을 거부할 수 있는 작은 용기, 학교 규칙에 어긋나지만 다급하고 중요한 일을 처리하기 위해 선생님께 말씀드릴 수 있고 그 책임도 질 수 있는 작은 용기, 함께 인생을 살아갈 배우자를 만났을 때 솔직하게 호감을 표시하는 작은 용기, 돈을 빌려 달라는 것을 거부할 수 있는 작은 용기, 체면보다 실용을 우선하는 작은 용기 등이다.

작은 용기라고 표현했지만 실제로는 큰 용기다. 그럼에도 작은 용기라 표현한 것은, 상대방의 마음을 지나치게 상상하여 주저주저하다가 큰 후회로 남을 수 있지만 나를 중심에 놓고 선택하면 의외로 쉽게 해결되는 경우가 많고 걱정할 일도 크게 생기지 않기 때문이다.

그리고 작은 용기를 내지 못하는 것을 여러 가지 환경으로 합리화하는 것은 작은 용기가 아니라 지나친 소심함이다. 작은 용기와 소심함도 구별하면 좋겠다.

인생은 선택의 연속이다. 항상 결정하고 행동으로 옮겨야 한다. 피할 수 없는 인간의 숙명이다. 그래서 이왕이면 너희들의 꿈을 실현할 수 있는 중요한 일의 우선순위와 작은 용기를 가지면 좋겠다.

나도 일이 벅차고 힘들 때 이것을 떠올리고 실천한다.

현재까지는 잘 되고 있다.

함께 격려하며 응원하자. 파이팅!

꽃이 되어라 하지만…

사람들 사이에 꽃이 필 때

최두석

사람들 사이에 꽃이 필 때
무슨 꽃인들 어떠리
그 꽃이 뿜어내는 빛깔과 향내에 취해
절로 웃음 짓거나
저절로 노래하게 된다면

사람들 사이에 나비가 날 때
무슨 나비인들 어떠리
그 나비 춤추며 넘놀며 꿀을 빨 때
가슴에 맺힌 응어리
저절로 풀리게 된다면

나도 너희들이 꽃과 나비가 되면 좋겠다. 유독 아름다운 꽃이 아니어도, 화려한 날개를 가진 나비가 아니어도 주변 사람들이 웅어리진 가슴에서 토해내는 냄새나고 꼬인 작은 웅어리들을 외면하지 않고 가만히 들어 주는 사람.

서로 옳다고 우기는 사람들에게 잘잘못을 판정하는 냉철한 인간보다 그들의 말을 조용히 듣고 고개를 끄덕여주는 줏대 없는 사람.

그런 사람이 되면 좋겠다.

행복한 학교를 만들기 위해서 필요한 것이 학교의 문화를 바꾸는 것이라고 생각했다. 그래서 꽤 긴 동안 인류의 진화, 문화, 뇌과학, 선택과 판단, 리더십, 질문 등에 대한 공부를 하였고 글도 제법 썼다. 그리고 이웃들에게 실천하려고 노력하였다. 지금도 노력하고 있다. 하지만 효과는 별로 없다.

처음에는 이웃들을 많이 원망했다. 내 말이 옳으면 행동도 그렇게 하면 되는데, 왜 내 말이 옳은 줄 인정하면서 행동은 다르게 할까? 행동으로 옮길 수 있는 용기가 없다고 이웃들을 원망했다. 그리고 그 원망들이 무력감을 가져왔다.

그러던 어느 날 최두석의 '사람들 사이에 꽃이 필 때'를 읽었다.

그리고 깨달았다.

학교문화를 바꾸는 것은 학교의 모순과 갈등을 같이 해결하자고 윽박지르는 것이 아니라, 이웃들이 뒤돌아 토해내는 작은 속삭임을 외면하지 않고 듣는 것.

그 속삭임에 해결책을 제시하는 것이 아니라 '그래! 맞다!'라고 맞장구

치며 긴 한숨을 함께 쉬는 것.

동질감의 회복이 학교문화를 바꾸는 첫 번째 길임을 깨달았다.

내게 직장이라곤 학교밖에 없으니 학교 이야기를 했다. 아마 너희들과 함께할 이웃들은 학교와는 비교가 안 될 정도로 더 많은 옹어리와 배배꼬임이 있을 것이다. 그 옹어리와 배배꼬임, 너희들이 아무리 잘나고 자리가 높아도 섣부르게 해결하려 들지 마라. 그렇게 하면 할수록 너희들과 멀어질 것이다.

꽃이 되어라. 하지만 너희들의 뛰어남을 뽐내는 꽃은 되지 마라. 특히 진한 향기로 무장하여 온갖 곤충들을 불러 모아 다툼을 유발하는 꽃은 되지 마라.

꽃이 되어라.

이웃의 꽃들과 함께 어우러지는 보잘 것 없는 꽃이 되어라.

나비도 되어라.

이 꽃 저 꽃의 꽃가루를 부지런히 나누는 나비가 되어라.

힘들면 쉬기도 하고….

자신과 대화하는 공간을 만들어라

오랫동안 서재를 갖고 싶었다. 책을 읽기 위한 목적도 있지만, 그냥 축 늘어져서 이런 생각 저런 생각하며 나에게 되물어 보고 싶은 시간을 머금은 공간을 갖고 싶었다. 그러나 서재를 꾸밀 만큼의 살림 공간이 안 되어서 이사하면서 새로운 집의 거실을 서재로 꾸몄다.

좋다. 여기저기 흩어져 있었던 책들을 모아놓으니 뿌듯했다. 그리고 아직 읽지 못한 책들을 보니 어떻게 읽을까 하는 걱정과 내용에 대한 설렘이 엉켰다. 또 소파에 비스듬히 누워 좋아하는 커피와 책을 즐기는 모습을 상상했더니 미소를 주체할 수 없었다.

허나 공상이었다.

아파트 거실이 베란다로 연결되기 때문에 왔다 갔다 하는 식구들 때문에 집중이 안 되었다. 그냥 이른 시간에 몇십 분 동안 책을 읽는 정도가 전부가 되었다. 물론 나의 게으름도 큰 몫을 차지한다. 하지만 나와 대화하는 공간이 되기에는 부족함이 많다.

산을 많이 다녔다.

길도 많이 걸었다.

어머니와 많이 걸었다.

체중조절과 스트레스 해소가 목적이었다. 하지만 이제는 목적이 달라졌다. 예전에는 혼자 가는 것이 심심해서 어머니와 함께 많이 다녔는데, 요즘은 어머니가 안 가도 혼자 많이 다닌다. 심심하지 않다. 나와 대화하는 공간으로 변했기 때문이다.

산을 오르며 내가 선택했던 문제들을 곰곰이 생각해 본다.

왜 그런 선택을 했는지. 어떤 근거로 선택을 했는지. 최선의 선택이었는지. 선택 과정에서 상처 입은 사람들은 없는지….

그리고 나에게 묻는다.

선택을 위해 필요한 정보는 무엇인지. 누구의 도움을 받아야 되는지. 잘못 선택하면 얻는 손해는 어느 정도인지. 선택을 위해 희생해야 될 것은 무엇인지. 선택한 후 내가 실천할 수 있는지. 실천하면 달라지는 것은 무엇인지….

물론 매번 심각한 것만 묻는 것은 아니다.

오늘은 무엇을 먹으면 좋을까? 내일 회식 때 어떤 이야기로 분위기를 띄워 볼까? 내일 비가 오면 운동은 어떻게 할까? 산행에서 갑자기 멧돼지가 나타나면 어떻게 할까? 아파트 계단에서 담배 피우는 사람에게 어떻게 이야기하는 것이 기분 안 다치게 하는 것일까?

게다가 쓸데없는 공상도 많이 한다.

그런데 부작용도 있다. 어머니와 함께 가도 자신과의 대화에 빠져 어머니의 이야기를 잘 듣지 못한다. 못 들은 이야기에 맞장구를 치는 것이 여간 어렵지 않다. 어떤 경우에는 못 들어서 정말 궁금한 것을 물어

보면 의아스러운 눈빛으로 나를 바라본다. 좀 미안하더라. 잘 들으려고 하는데 자꾸 나와의 대화모드로 빠진다. 습관이 되면 노후가 걱정되어 고치려고 노력 중이다.

사람의 삶은 선택과 결정의 연속이다.
그런데 매번 최선의 선택과 결정을 내릴 수는 없다.
그래서 자신과의 대화가 필요하다.
자신과 대화할 수 있는 공간을 만들어라.

아버지의 대화 공간은 산과 길이다.
장마가 그친다. 내일은 나만의 공간으로 갈 수 있겠다.

내 인생이 다이어트다

이 무더위가 언제 끝날지….

가을이 올 수 있을지….

어느 날 문득 스치듯 지나가는 시원한 바람을 만나고 싶다.

올 여름을 대비하여 많은 이들이 온갖 다이어트를 했을 것이다. 본격적인 여름이 시작되기 전까지 온갖 매체에서는 다이어트 조장 광고와 유명인을 내세운 다이어트 상품 마케팅으로 열을 올리며 여름을 앞당겼다. 하긴 우리 동네만 하더라도 다이어트 가게가 한두 개가 아니어서 하루가 멀다 하고 다이어트 전단지가 현관문에 붙는다. 그 전단지 떼어 내느라 살이 빠질 지경이다.

그런데 대중매체에 등장하는 사람들이 아니고는 다이어트에 성공했다는 사람을 본 적이 없다. 간혹 살을 뺀 사람들이 있어서 비법을 물어보면 적게 먹고 운동 꾸준히 했다는 평범한 진리가 전부다. 즉 다이어트는 특별한 방법이 있는 것이 아니라 생활습관을 바꾸는 것이 비법 중의 비법이라는 것이다.

108kg에서 82.98kg으로…

40인치 허리에서 32인치로…

내가 20년 동안 다이어트한 결과다.

가난한 집 아들로 태어났지만 아들 하나라는 이유로 잘 먹었다. 또래 친구들이 습관적으로 한 농사일도 덜했다. 자연스럽게 살이 찔 수밖에 없었다. 뚱뚱하지 않은 나를 본 기억이 없다. 아! 무릎을 심하게 다쳐 수술한 기간에 뼈만 있는 다리를 본 것은 예외다.

시내버스 의자에 앉는데 엉덩이가 잘 들어가지 않았다. 중학생이 키득거리며 비웃었다. 당황스러웠다. 당장 다이어트 시작했다. 먹는 것 조금 줄이고 운동량을 늘렸다. 살이 쭉쭉 빠졌다. 술은 먹은 것 같다. 하지만 연속적으로 먹지 않았다. 일주일에 한 번 정도 먹은 것 같다. 틈만 나면 움직이고 야식 먹지 않기 위해 일찍 잤다.

그래도 정체기는 왔다. 98kg에서 빠지지 않았다. 지치고 짜증도 났다. 그래서 잠깐 포기했다. 그러다가 이왕 시작한 것 진짜로 안 빠지는지 확인해보고 더 이상 빠지지 않으면 근육이라고 위안하자고 다짐했다.

2주 정도 지나서 다시 살이 빠지기 시작했다. 96kg, 94kg, 92kg, 90kg, 89kg까지 내렸다. 그리고 체중이 쭉 빠지는 것이 아니라 계단식으로 빠진다는 것을 알았다. 대부분의 사람들이 요요현상을 겪는 것도 정체기를 견디지 못한 결과라는 것도 알았다.

이것이 십 년 전의 다이어트다.

살이 빠져서 외모가 달라진 것도 있지만 가장 큰 변화는 자신감 회복으로 사람들을 만나는 것이 두렵지 않았다는 것이다. 긍정적인 변화가 일어났다. 지금의 나를 만드는 결정적인 계기가 되었다.

나는 다이어트의 고통을 알기에 평범한 사람이 쉽게 다이어트를 한다고 하면 마음속으로 피식 웃는다. 실패할 것을 알기 때문이다.

다이어트는 생명을 지키는 절박한 행위다. 멋을 내고 아름다운 몸매를 위한 다이어트가 실패하는 이유는 절박함이 없기 때문이다. 주변의 충고에도 술과 담배를 끊지 못하던 사람이 술과 담배를 끊지 않으면 죽는다는 의사의 말 한마디에 끊는 것과 같은 논리다.

그래서 결심했다. 너희들이 이 힘든 다이어트를 하지 않는 방법은 어릴 적부터 살이 찌지 않도록 하는 것이다. 때문에 운동하는 습관을 길러 주었고, 인스턴트식품보다 친환경적인 농산물 간식을 같이 먹었다. 첫째 태완이는 엄마 체형이라 괜찮았지만, 둘째 용하는 나를 닮은 체형이라 그래도 통통했다. 용하에게 틈틈이 나의 이야기를 했더니 꾸준히 체중관리를 잘했다. 지금은 둘 다 모델 수준의 체형을 유지하고 있는 것이 대견스럽다.

작년 말에(2015) 다시 다이어트를 시작했다.

이런저런 핑계로 방심했더니 98kg까지 올랐다. 그리고 나이가 드니 혈압도 있어서 혈압약보다 다이어트를 선택했다. 밥을 절반으로 줄이고 특별한 일 없으면 매일 뒷산과 강변으로 나갔다. 간식도 잘 먹지 않았다. 살이 계단식으로 빠지는 것을 알고 있어서 조급함은 뒤로 미뤘다. 술은 먹었다. 술을 먹기 위한 것이 아니라 술을 먹을 일이 있을 때만 먹었다.

현재 83kg이다.

진행형이다.

혈압도 안정되었다.

살 빼는 것 어렵다. 고통이다.

이 고통을 겪지 않는 것은 올바른 생활습관으로 살을 찌우지 않는 것이다. 불규칙한 생활 뒤에는 반드시 건강이 나빠지고 회복하기 위한 다이어트가 뒤따른다. 어떤 이는 이 악순환을 견디지 못하여 건강을 많이 잃고, 어떤 이는 아버지처럼 세상에서 가장 불편하고 거북한 다이어트라는 친구를 얻어야만 한다.

그래도 나는 생활습관을 많이 바꿨다. 그래서 지금까진 요요현상도 없다. 다이어트 프로젝트를 하는 듯하다. 묘한 성취감과 약간의 재미도 생긴 것 같다.

외모를 가꾸기 위해 다이어트를 하라고 강요하고 싶지 않다. 그러나 건강한 신체에 건전한 정신이 깃드는 것은 나의 경험상 맞는 것 같다. 건강을 무너뜨리는 시발점은 스트레스겠지만 현상은 비만이다. 건전하고 건강한 생활습관으로 다이어트와 멀어져라. 건강관리가 안 되면 모든 것이 무너진다.

그리고 부탁한다. 가끔 술 먹는 날에는 잔소리하지 마라. 다이어트도 쉬어가야 오래 한다.

억지는 단호함으로 맞서라!

타인의 생각이 나와 같다고 판단하여 생각과 주장을 무리하게 내세우거나, 잘 안 될 일이나 해서는 안 될 일을 기어이 해내려는 고집이 억지다.

억지는 자기중심적인 생각이 출발점이다. 나의 가치관과 타인의 가치관이 같다고 생각하는 큰 오산에서 출발하는 것이 억지다. 같은 가치관을 공유하는 집단—가정, 학교, 직장, 지역, 나라 등—에서는 억지가 존재하지 않는다. 하지만 진화에 의한 유전자와 환경의 차이, 배움과 성숙의 정도에 따라 개인과 집단의 차이는 반드시 있기 마련이다. 이 차이를 무시하여 나의 생각을 상대방에게 이식시키려는 것이 억지다.

배려하고 협력해야 성숙한 사회로 성장할 수 있다고 끊임없이 배우면서 자란다. 당연히 성인에 가까워질수록 억지도 줄어든다고 생각한다.

하지만 현실은 거꾸로다. 어릴 적에는 사회와 접하는 영역이 적고 또래와 어울리는 생각이 많고, 가치관이 확실하게 정립되지 않았기 때문에 일반적인 선과 악의 기준이 선명하다. 성인은 다르다. 성장하면서 사회와 접하는 영역이 확대됨과 동시에 가치관이 정립되고 어떤 것은 절대적인 진리로 굳어지기 때문에 선과 악에 대한 기준이 개인과 집단에 따라 다르게 적용될 수 있다.

그래서 오랜만에 만난 친구가 변하고 직장이 달라지면서 변하고, 직위가 바뀌면서 변하는 것은 당연하다. 그런데 이 변함에 대한 신념이 굳어져서 타인과 다른 집단에게 강요하면 억지가 된다. 특히 심각한 것은 이 굳어진 신념으로 자기와 자기 집단의 이득을 얻기 위하여 타인과 다른 집단의 희생을 강요하는 것에 아무 죄책감을 느끼지 못한다는 것이다.

하지만 그보다 더 심각한 것은 힘의 논리에 의해 억지가 정당화되고 있다는 점이다. 강한 개인이나 집단이 약한 개인이나 집단에게 억지를 부려 이득을 취하는 사회 구조가 고착화되어 가고 있다.

얼마 전에 오래간만에 친구를 만났다.

내가 속한 집단을 약간 폄하하면서 자기의 이득을 취하려는 억지를 부렸다. 처음에는 그냥 고개만 끄덕이고 넘어갔다. 그러나 시간이 지나면서 부당한 요구가 집요해졌다. 그래서 부당한 요구의 부당함을 이야기하고 억지 부리지 말자 했더니 되레 그게 무슨 억지냐고 큰소리를 쳤다. 큰소리로 대처하려 하다가 그냥 멈췄다. 그리고 단호하게 이야기했다. 안 되는 것은 안 된다고.

다음 날 같이 있었던 다른 친구와 이야기할 기회가 있어서 그동안 그 친구가 나에게 행한 억지에 대해서 이야기를 했더니 친구들에게도 몇 번 억지를 부렸는데 회피하고 무시했더니 그렇게 하지 않았다는 것이다. 다른 친구들은 회피와 무시로 단호하게 대처했고, 나는 그 친구에 대한 인간적인 배려가 먼저라고 생각하여 계속 이야기를 들어 주었는데 그것이 큰소리의 화근이 된 것이었다. 그동안 단호하지 못한 나의 행동이 문제였던 것이다.

　아들!
　앞으로 너희들과 뜻을 같이 하는 사람들보다 억지 부리는 사람들을 많이 만날 것이다.
　너희들과 뜻을 같이 하는 사람에게는 적극적인 지지를 보내라.
　억지 부리는 사람들에게는 단호하게 맞서라.
　감정이나 폭력의 단호함은 절대 안 된다.
　단호함을 표현할 수 없는 상황이라면 침묵하라.
　때로는 침묵이 가장 큰 저항이다.

　아! 너희들도 억지 부리는 존재가 될 수 있다는 것도 잊지 마라.

동네 사람들이 욕한다

올여름에 바쁜 일이 많아서 할아버지 산소 벌초를 하지 못했다.

추석은 다가오고 마음은 급해 할아버지 산소가 있는 고향에서 농기계 수리점을 하는 친구에게 토요일에 벌초하러 갈 테니 예초기 좀 빌리자고 했더니 토요일은 자기 가족이 해야 되기 때문에 안 되고 일요일이 괜찮다고 하여 그렇게 하겠다고 했다.

일요일에 비가 왔다. 비가 조금 왔으면 했을 텐데 그렇지 못했다. 친구에게 다시 전화해서 다음 주 토요일에 가겠다고 했더니 추석 다 되어 벌초하면 동네 사람들이 욕하니 주중에 퇴근하고 와서 하는 것이 좋겠다고 했다. 이게 왜 동네 사람들에게 욕 들을 이야기냐고 하며 주말에 가겠다고 했더니 짜증 난 목소리로 마음대로 하란다.

찜찜하여 한참을 곰곰이 생각하다가 주중에 가기로 하고 다시 전화해서 주중에 가겠다고 하니 생각 잘했단다. 동네 관습이라는 것이 있는데 가능하면 지키는 것이 나에게 좋다는 말도 함께 했다.

주중에 가서 깔끔하게 할아버지 산소 벌초를 했다. 마음도 한결 편하다.

살다 보면 삶의 터전을 옮겨야 될 때가 있다.

직장을 옮겨야 될 때도 있다.

옮기기 전에 그 고장과 직장의 문화와 관습을 알고 가거라. 그리고 진정성 있는 행동으로 실천하고 혹시 실수를 했다면 깨끗하게 사과하고 용서를 구해라. 그러는 것이 가장 쉽게 융화되는 방법이다.

간혹 그곳의 문화와 관습을 무시하거나 자기의 주장대로 하는 사람들이 있다. 융화되지 못한다. 자기 말을 잘 듣는 것처럼 보이겠지만 그것은 지위와 권력 때문이다. 힘들 때 절대 도움 받지 못한다.

그곳의 문화와 관습이 상식에 어긋나는 경우에도 융화된 후에 개선해야 한다. 그런 문화와 관습이 생긴 이유가 반드시 있다. 그 이유를 제거하지 못하면 쉽게 개선되지 않는다. 그 이유를 알지만 혼자의 힘으로 역부족일 땐 그곳을 과감하게 떠나라. 마음의 병만 얻는다.

동네 사람들이 욕하는 짓 하지 마라.

절박함은 공감으로

    며칠 전 저녁을 먹고 어머니와 강변으로 운동을 갔다가 돌아오는 길이었다. 나이가 꽤 있어 보이고 허리가 굽은 아주머니가 시내버스 차고지에서 연신 손을 흔들고 있었다. 손을 흔든다기보다 온 몸으로 차고지를 막 나오는 시내버스를 몸으로라도 세울 모양새였다. 잠시 뒤 버스가 서더니 앞문을 여니 아주머니가 다급하게 시내로 가느냐고 물었다. 버스기사는 '가긴 가는데 여기서 태워줄 수 없으니 저기 앞에 있는 정류장으로 가라.'라고 소리쳤다.

    아주머니가 허리를 굽실거리며 여기서 태워달라고 사정했는데 버스는 인정머리 없이 가버렸다. 아주머니는 그 버스를 놓칠까 봐 태워주지 않는 버스기사를 야속해 하며 뛰어가는데 여간 힘들어 보이지 않았다. 어머니와 나는 그 아주머니를 도와주고 싶어서 한참을 지켜보았다.

    화가 나는 광경을 보았다. 정류장이 아니라서 태워줄 수 없다고 한 그 기사가 정류장이 아닌 곳에 버스를 세워 놓고 담배를 피우고 있었다. 겨우 버스에 도착한 아주머니가 태워달라고 하니 조금 앞에 있는 정류장에서 기다리라며 아주머니를 정류장으로 내몰았다.

정류장이 아니라서 태워줄 수 없다는 기사 자신은 버스를 세울 수 없는 곳에서 태연히 버스 세우고 담배를 피운다는 것에 화가 치밀었다.

혹시 아주머니가 버스를 못 탈까 봐 한참을 지켜보다가 집으로 왔다.

사람마다 절박함은 다르다. 나에게 별일이 아닌 것도 남에게는 엄청 절박한 일일 수 있다. 그리고 나의 절박함이 남에게는 아무것도 아닐 수 있다. 절박함은 사람을 정말 힘들게 한다. 그 불안감은 이루 말할 수 없다. 경우에 따라서는 공포와 무기력을 동반하여 극단적인 선택을 하게 하기도 한다.

그래서 절박함을 공감하는 것이 중요하다. 공감은 그 사람의 마음을 이해하는 수준을 넘어 이해한 마음을 행동으로 옮기는 것이다. 그 기사가 아주머니의 절박함에 공감했다면 교통사고가 일어나지 않게 주의하며 태워주는 것이 맞다.

우리는 이 버스 기사처럼 하지는 말자!

어느 누군가가 우리에게 절박함으로 다가오면 우리가 할 수 있는 범위 내에서 선한 행동으로 대하자. 고맙다는 말 한마디 없어도 화내지 말자. 보답을 바라는 공감만 하지 말자.

그리고 절박함을 이야기하자. 말 안 하고 있으면 잘 모른다. 가족끼리도 잘 모른다. 절박함을 알아주기를 바라며 야속하고 분한 마음을 삭이지 말자. 이야기하면 그 절박함 의외로 쉽게 해결된다.

그리고 절대로 남의 절박함을 약점으로 이용하지 말자!

사람이라면 그리하면 안 된다. 그렇게 살자.

너무 자주 뒤돌아보지 마라

산을 오르다 보면 힘이 들어 자주 쉬면서 어디까지 왔는지 확인하게 된다. 그리곤 얼마 가지 못한 마음에 짜증을 내고, 이 짜증으로 앞으로 나아가는 것이 더 힘들어진다.

우리의 삶도 마찬가지다. 힘들고 하기 싫은 일을 해야 될 때가 있다. 해도 해도 앞으로 가지 못하고 제자리에서 맴돈다. 짜증도 나고 뭐가 잘못인지를 알기 위해 자꾸 한 일을 되짚는다. 그리고 여기저기를 들쑤셔서 없는 갈등을 자꾸 만들고 더 힘들고 더디게 한다.

성찰은 필요하다. 꼭 필요하다. 그러나 성찰이 필요할 때 해야 득이 되지 쓸데없이 하면 할 일을 못하게 한다. 앞으로 나아가야 할 때는 뒤돌아보지 말고 과감하게 실행해라. 사소한 실수에 연연하지 마라. 대신 큰 틀은 지켜라. 그리고 어느 시점까지 왔다고 판단되면 성찰해라. 대충하지 말고 여러 관점에서 깊이 해라. 그래야 성장을 위한 새로운 에너지가 된다.

힘들 때도 있고 사소한 실수를 할 때도 있다.

힘들면 쉬면서 새로운 기운을 얻고, 사소한 실수이면 시원하게 인정하고 사과해라.

너무 자주 뒤돌아보지 마라!

공유해서 좋다

의도적으로 너희들에게 책을 많이 읽히려고 한 것은 아니다. 그리고 다정하게 책을 읽어준 기억도 없다. 내가 책을 사서 읽는 것을 좋아해서 그런지, 아니면 어머니가 너희들과 도서관에 자주 가서 그런지, 너희들이 책을 자주 보게 되었다. 간혹 무슨 책을 읽는지 물어보면 조곤조곤 이야기하는 얼굴이 좋았다.

더 좋을 때는 너희들이 책을 추천해 달라고 했을 때다. 표가 났는지 모르지만 정말 기분이 좋았다. 요즘은 더 기분이 좋다. 이사를 하면서 거실을 서재로 꾸몄는데, 함께 있는 책들을 보면 우리 가족이 함께 있는 듯하다. 우리 가족의 생각이 서재에서 왔다 갔다 하는 듯하다. 간혹 너희들이 서재에 서서 책을 펼치는 것을 보면 나와 겹쳐지는 것을 느낀다.

간혹 같이 읽은 책으로 이야기를 할 때면 어린 너희들과 스킨십 했을 때와 같은 짜릿함을 느낀다. 많은 사람들이 아이들이 자라면 이야기할 거리가 없어서 서먹서먹해진다고 하는데 나는 그런 걸 못 느낀다. 오히려 너희들이 커가는 것만큼 깊이가 있는 주제로 이야기 나누는 것이 좋다.

어떤 모임에서 태완이와 나눈 이과를 강요하는 우리나라의 교육에 대한 이야기를 했더니 다른 사람이 정말 아들과 그런 이야기를 하느냐며 대단해하더라.

나는 확신한다. 이래라저래라 하며 간섭하지 않아도 너희들과 나누는 이야기로 정말 잘 자라고 있음을 확신한다. 우리 가족이 공유하는 책과 서재의 힘이라고 생각한다.

우리 가족이 공유하는 것이 있어서 정말 좋다!

그리고 가끔 가벼운 산행도 공유하자!
아직은 힘들겠지?

내가 뽑은 정치인은 뭘 할까?

전교조에서 박근혜-최순실 게이트에 대한 시국선언에 동참해 달라는 문자가 온다. 예전에는 이런 문자를 받으면 고민을 많이 했다. 전교조 활동을 하면서 시국선언을 안 하자니 말과 행동이 달라서 가슴이 쓰리고, 동참하자니 공무원의 정치적 중립 의무에 어긋나 법적인 책임을 져야 한다는 것이 여간 부담스럽지 않았다. 실제로 서명을 해서 힘든 시기를 보낸 적도 있다.

하지만 지금은 다르다.

마음은 동참하지만 행동으로 옮기지 않는다. 나의 생업이 우선이다. 교사직을 내려놓거나 월급이 삭감되거나 징계를 받으면 내가 불행해진다. 우리 가족이 불행해진다. 그래서 행동으로 옮기는 동료들을 볼 때마다 정말 존경스럽다.

가까운 거리에서 집회를 하면 참여하고 SNS를 통해 부당함을 공유하며, 학교에서 정보를 공유해 바르게 하자고 주장하고 행동으로 옮기는 것이 내가 할 수 있는 한계다.

이상하다.

교육정책이 국민들에게 해를 끼치는데 정치권과 교육관료들은 침묵하고 아이들을 가르쳐야 할 교사들이 행동으로 반대한다.

농민을 위한 농업정책이 아닌데 정치권과 농업 관료들은 침묵하고 바쁜 농사일을 제쳐두고 농민들이 행동으로 반대한다. 어민들도 마찬가지다.

노동자들을 옥죄어 거대 자본을 살찌우는 노동정책에 정치인과 노동 관료들은 침묵하고 월급을 받지 못함을 각오하고 노동자들이 행동으로 반대한다.

너무 이상하지 않은가?

정치인을 왜 뽑았는가?

나를 대신해서 나를 행복하게 하는 정책을 펼쳐달라고 뽑지 않았는가?

우리를 대신하여 우리를 행복하게 하는 정책을 펼쳐달라고 뽑지 않았는가?

국민 개개인의 행복을 위한 정책을 펼쳐달라고 뽑지 않았는가?

모두를 만족시킬 수 없으니 대화하고 타협해서 대중이 행복한 정책을 만들라고 뽑지 않았는가?

우리를 대신하여 우리에게 필요한 정책이라면 우리의 의견을 들으라고 뽑지 않았는가?

교사들이 교육을 걱정하여 해직을 각오하는데 내가 뽑은 정치인은 무엇을 하고 하는가?

농어민들이 못 살겠다고 바른 정책 펴달라고 하는데 내가 뽑은 정치인은 무엇을 하고 하는가?

노동자들이 힘들어서 하나둘씩 죽어 가는데 내가 뽑은 정치인은 무엇을 하고 하는가?

부끄러워서 고개를 들지 못하는 나라꼴에 온 국민이 분노하는데 내가 뽑은 정치인은 어디에서 무엇을 하고 있는가?

나를 대신하여 나서야 되지 않는가?

그런데 실속만 따지고 있다. 정권 창출만 따지고 있다.

실속과 정권 창출도 국민들을 행복하게 할 때 의미가 있지 않은가?

국민들을 불행하게 하는 실속과 정권 창출이 무슨 의미가 있는가?

아들아, 선거에 꼭 참여해라.

너희들을 행복하게 해주는 정치인에게 소중한 권리를 행사해라.

너희들을 불행하게 만들 때 너희들의 소중한 권리로 뽑은 정치인이 무엇을 하는지 꼭 챙겨보라. 그들이 너희들과 함께 한다면 잘 뽑은 것이다. 그렇지 않다면 다음 선거에서 심판해라.

너희들이 살아가는 우리나라는 정치인들과 관료들이 국민에게 호소하고 국민들이 지지하는 민주국가였으면 좋겠다.

나도 우리 지역구의 정치인이 지금 무엇을 하는지 유심히 살펴보고 있다. 그리고 내 소중한 권리를 가져간 그 사람도 지금 무엇을 하고 있는지 유심히 살펴보고 있다.

아들아!

평소에 정치인들이 무엇을 하는지 관심을 가져야 너희들을 행복하게 할 정치인을 뽑을 수 있다.

너희들을 행복하게 해주는 정치인에게 소중한 권리를 행사해라.

지금보다 나은 세상을 위해서….

나도 그렇게 할게.

지나친 배려보다 나를 먼저 보호하자!

일요일 새벽에 차를 가지고 갈 일이 생겨서 주차장에 가보니 내 차 앞에 누군가가 가로주차를 하고 있었다. 흔히 이중주차라고 하는데 보통은 차 한 대 정도의 여유를 둔다. 그렇게 해야 가로 주차한 차를 밀고 빠져나갈 수 있기 때문이다. 그런데 그날은 자그마한 여유도 없었다. 가로 주차한 차주인을 불러야 할 상황이었는데 새벽이라서 망설여졌다. 잠깐 고민을 하다가 선택한 것이 가로 주차한 차들을 양쪽으로 밀어 보니 요리조리 피해서 나올 것 같아서 그렇게 했다.

그러나 잠시 뒤 옆에 정상적으로 주차한 차의 앞 모서리를 긁고 말았다. 많이 어두워서 정확한 피해상황을 파악할 수가 없었다. 경비 아저씨의 도움으로 겨우 빠져나와 바쁘고 이른 시각이라 차 주인에게 알릴 수 없으니 나중에 차 주인에게 알려줄 것을 신신당부하며 연락처를 남겼다. 어머니에게도 전화해서 자초지종을 간단하게 이야기하고 차 주인에게 부드럽게 알려줄 것을 당부했다. 그런 와중에 어머니는 내게 걱정되어서 알아서 잘 처리할 테니 걱정하지 말고 잘 다녀오란다. 내가 아내를 정말 잘 얻은 것 같다. 물론 너희들에게도 좋은 어머니지만….

한창 일을 보고 있는데 어머니에게서 문자가 왔다. 차 주인에게 연락을 하니 차 주인도 보았는데 바쁜 일이 있어서 나중에 연락을 하려고 했는데 전화해줘서 고맙다고 하더란다. 그래서 수리는 어떻게 할 계획인지 물어보니 어떻게 하면 좋겠는지 되물어서 원하는 방법으로 하시면 그대로 따르겠다고 했단다.

보험에 가입한 중학교 후배에게 전화를 해서 자초지종을 말하니 사고차 주인의 휴대폰 번호를 알려주면 최대한 부드럽게 응대해서 저렴한 방법으로 하겠다고 해서 알려 주었다. 몇 시간 뒤 온 연락은 차가 생각보다 많이 긁혀서 차 주인이 아는 정비공장에 차를 맡기겠다고 하여 사고 접수를 했단다.

짜증이 좀 났다.

그것도 그럴 것이 토요일 저녁에 주차를 할 때 다음 날 일찍 나갈 것이 걱정이 되어 가로 주차를 했는데 친구를 만나고 들어가면서 보니 주차선이 비어 있는 것이 보였다. 그곳에 차를 주차하면 일요일 새벽에 가로 주차한 차들 때문에 빠져 나가는 것이 힘들 것이라는 예상은 되었다. 그렇지만 비어 있는 주차선을 두고 가로 주차를 하는 것이 다른 사람에게 피해가 될 듯하여 다시 주차선 안에 주차를 하게 되었다.

그리고 새벽이었지만 가로 주차한 차 주인을 배려하지 말고 전화로 불러서 가로 주차한 차를 이동시켜 줄 것을 요구했다면 내가 낭패를 당하는 일도 없었을 것이라고 생각하니 쓸데없이 배려한 나 자신이 한심했다. 더욱이 사고를 당한 차 주인은 나에 대한 배려가 없었다.

남을 배려하는 넉넉한 삶이 우리를 행복하게 하지만 내가 난처할 때 남을 먼저 배려한다고 나를 돌보지 않는 것은 현실적으로 좋은 방법은 아닌 것 같다. 나의 배려가 나의 낭패를 낳지 않는 선에서 타협하는 것이 바른 선택인 것 같다. 그리고 남이 나에게 피해를 미치는 행위를 했다면 그 사람을 배려한다고 눈 감기보다 친절하게 시정을 요구하는 것이 나와 같은 피해를 막는 배려라고 생각한다.

　말은 쉽지만 현실적으로 어려운 일이다.
　그때그때의 상황에 맞게 현명하게 처신하자. 친절하게 말할 용기도 없고 피해 볼 일도 없다면 눈 감는 것도 스트레스 받으며 말하는 것보다 나쁘지 않다고 생각한다.
　대신 우리는 남에게 고의로 피해 끼치는 행동하지 말자. 만약에 실수를 남이 지적을 한다면 진심으로 받아들여 사과하고 수용하자.

　거듭 말하지만 남을 위한다고 너희들이 감당하지 못하는 낭패는 선택하지 마라. 너희들을 사랑하는 사람들이 힘들어진다.

　그 새벽, 나는 왜 전화를 하지 않았던가!

찰나의 지혜

시간과 시간 사이에 잠시 있는 시간이 있다. 흔히 자투리 시간이라고 하는데 의외로 많은 자투리 시간들이 존재한다. 그리고 의미 없이 흘린다.

나는 시간을 아끼려고 노력한다. 정확하게 표현하면 흘러가는 시간을 아낀다고 하기보단 정해진 시간을 잘 관리해서 효율적으로 사용하려한다. 그래서 내 시간은 좀 빡빡하다. 여가와 휴식이 없어서 빡빡한 것이 아니라 의미 없는 시간이 없어서 빡빡하다.

일을 마치고 친구를 만나야 되는데 시간이 좀 남았다. 예전에는 그냥 의미 없이 텔레비전을 켜두고 습관적으로 리모컨 돌리며 시간을 보냈다. 아니면 망상이나 공상으로….

지금은 그렇게 하지 않는다. 약속 장소까지 운동 삼아 걸어가거나 그럴 시간이 안 되면 시를 읽는다. 더 짧은 시간이면 SNS를 관리한다.

직장에서의 자투리 시간도 의외로 많다. 동료와 대화를 나누어야 될 경우에는 자투리 시간을 활용하면 된다. 그러나 가십이나 가십을 찾기 위한 스마트폰 조작으로 시간을 보내는 것은 의미 없다.

동료 의식을 높이고 스트레스를 풀 목적으로 수다를 떨 작정이라면 누구나 공감하는 유쾌한 이야기로 웃고 즐겨라. 그리고 동료가 이야기 하는데 스마트폰 만지작거리며 듣지 않는 태도는 보이지 마라. 상대방을 불쾌하게 만들어 더 열 받게 한다. 받은 열을 식히기 위한 수다인데 나의 행동으로 열을 높이지 마라. 그래야 상대방도 나의 이야기에 공감한다.

아, 공감하지 못하고 자기 할 말만 하고 다른 사람의 말에 귀 기울이지 않는 사람도 있다. 그런 사람들 때문에 열 받지 마라. 안 고쳐진다. 못 고친다. 그런 사람과는 대화하지 않는 것이 상책이다. 차라리 유쾌한 예능 프로그램 다운로드 하여 웃는 것이 더 좋다.

나는 직장의 자투리 시간에 대부분 책을 읽는다. 간혹 글쓰기 주제가 생각나면 임시저장을 해놓기도 한다. 그리고 동료가 도움을 요청하면 흔쾌히 움직인다. 남을 도와주면 언제나 기분이 좋다. 요즘은 다 개인주의라 도움을 주고받는 것이 어색해졌다.

간혹 책도 읽기 싫고 아무것도 하기 싫을 때가 있는데, 여기저기 다니면서 도와줄 일이 없는지 물어보면 대부분 다 없다고 한다. 공통적인 자투리 시간에 모여서 서로의 지혜를 공유하는 시간을 가지면 많은 도움이 될 텐데 각박해지는 현실이 많이 아쉽다.

직장을 벗어나서 자투리 시간이 생기면 사색을 많이 하는 편이다. 너희들을 데리러 가서 기다리는 시간에도 읽은 책의 내용으로 현실에 적용하는 방법을 생각해 보고, 잘못한 선택에 대해서는 '다른 방법으로 했으면 어떻게 되었을까?' 등 계획하고 성찰하는 짧은 시간을 갖는다. 의외로 많은 지혜를 얻게 된다. 어떨 때는 번쩍이는 지혜로 짜릿짜릿한 전율이 일어난다. 행복하다.

그리고 가까운 곳에 숲이 있으면 거닌다. 숲이 아닌 나무만 있어도 그 아래에 머문다. 과학적으로도 나무가 스트레스 수치를 낮추고 차분하게 하는 효과가 높다고 하더라. 눈이 침침하고 글이 안 들어올 때 짧은 시간이지만 나무와 함께 있으면 새로운 에너지가 생기는 것 같다.

피로가 겹친 일과에 자투리 시간이 생기면 조용히 눈을 감는다. 눈을 감는 것만으로도 잠을 자는 효과가 있다. 잠시 눈을 감으면 의외로 많은 피로가 풀린다. 물론 시간이 충분하면 깊은 잠에 빠져라. 피로한 몸에는 잠이 보약이다.

거창하게 위인들의 예를 들지 않아도 찰나의 순간을 어떻게 활용하느냐에 따라 긍정적인 변화를 가져올 수 있다. 찰나의 순간을 활용하는 지혜를 기르자!

그런데 찰나의 순간을 활용하는 지혜가 생각이 아니라 실천의 지혜라면 좀 힘이 든다. 습관화만 시키면 언제든지 활용할 수 있는데, 습관화되기까지는 의도적인 노력이 필요하다. 나는 처음에는 의도적으로 노력을 했는데 어느 날 내 몸이 그렇게 반응하고 있더라. 요즘은 오히려 시간을 의미 없이 죽이면 불편하다.

단순히 시간을 죽이는 것하고 휴식하고는 구분된다.
이것만 구별해도 자투리 시간에서 찰나의 지혜를 경험할 것 같다.

이 글도 자투리 시간에 정리한 것을 자투리 시간에 적는다.

찰나에서 얻은 지혜를 공유하는 행복 함께 누리자!

돈보다는 사람이다

큰 아들 태완이와 생애 첫 술잔을 같이 했다.
너에게 술을 가르칠 기회를 가진 것이 좋았다.
네가 먼저 요청해서 더 좋았다.

술을 마시는 예법을 주도라고 하지만, 가장 좋은 주도는 안 마시는 것이다.
그럴 수 없다면 술 잘 마신다고 자랑하지 않는 것이다.
나머지는 상식의 범위다.

네가 첫 술을 마시던 날 후배들의 과외 아르바이트에 대한 의견을 내게 물었다.
나는 반대했다.
후배들을 위한 스터디 그룹을 만들어 봉사하라고 했다.

태완아!

네가 고등학교 3학년을 잘 마치는 것은 너만 잘나서가 아니다.

네 주변 모든 사람들의 보이지 않는 헌신이 있었기 때문이다.

그 헌신에 보답하는 길이 무엇일까?

네가 할 수 있는 보답이 무엇일까?

봉사활동은 경제적인 약자에게만 베푸는 것이 아니다.

우리 사회의 행복을 위해 내가 할 수 있는 일을 하는 것이 봉사활동이다.

돈을 기부하는 것도 봉사활동이다.

특별한 재능으로 행복을 만드는 것도 봉사활동이다.

육체적인 노동으로 다른 사람의 고단함을 덜어 주는 것도 봉사활동이다.

세상을 돈으로만 접근하지 마라.

사람에 대한 사랑이 먼저다.

사람은 모두 불편한 삶을 산다.

그 불편한 삶이 나를 낭떠러지로 밀면 그 불편함을 먼저 해결해라.

돈이 부족하여 너의 삶이 불행하다면 돈을 먼저 선택해라.

하지만 그 불편한 삶이 나를 불행하게 하지 않는다면 사람을 먼저 사랑해라.

그 다음이 돈이다.

너희들이 만드는 길이다

선택은 항상 너희들의 몫이다.

나는 결코 너희들의 삶을 디자인하지 않는다. 다만 결정과 선택에 도움을 구하면 도와줄 것이고, 지금처럼 그 결과도 묻지 않을 것이다. 좋은 결과는 축하하고 만족하지 못한 결과는 위로하며 더 이상 악화되지 않는 선택을 하면 되는 것이다.

지금처럼 나는 이 원칙을 지킬 것이다. 이유는 너희들의 삶은 너희들이 만드는 것이고 너희가 주인공이기 때문이다. 나는 그런 너희들의 의견을 절대적으로 꾸준히 존중할 것이다. 그 과정에서 기쁨은 함께하고 슬픔은 위로하며 슬기롭게 극복할 수 있는 방안을 찾을 것이다.

태완이가 선택한 결과가 좋아서 요즘 기분이 아주 좋다. 좋은 대학에 들어가서 좋은 것도 있다. 하지만 그것보다 스스로 진로를 결정하고 노력한 결과라서 더욱 그렇다. 다른 사람들은 이번 결과를 가지고 내가 너희들의 삶을 디자인한 것처럼 이야기한다. 그게 절대 아니라 본인의 길을 만들어가는 중이라고 이야기하면, 결과가 좋기 때문에 그런 소리를 한다며 입꼬리를 올린다. 믿지 않는 것을 애써 믿으라고 강요할 필요는 없지만 마음은 씁쓸하다.

어떤 이는 만약에 태완이가 좋은 대학에 가지 않았어도 지금과 같은 마음이겠는지 묻는다. 나의 대답은 변함없다. 태완이의 길을 만들도록 도왔을 것이다. 그리고 다른 사람들에게 자기 길을 꾸준히 가는 태완이를 자랑했을 것이다.

큰아들 태완아. 둘째 아들 용하야.

나는 너희들의 존재 자체가 자랑이다. 그리고 스스로 길을 만들어 가는 과정도 자랑이다.

그 과정이 힘들면 쉬고, 더 힘들면 좀 자고 가자. 길은 한 번에 만들어지지 않는다. 너희들도 경험했잖아? 태완이는 그 경험에서 얻은 지혜가 오늘의 보람을 만들었다고 생각한다.

나도 그렇게 살 것이다. 나의 삶은 내가 선택하고 만들어 갈 것이다. 너희들의 조언은 들을 것이다. 하지만 결정은 내가 할 것이다.

많은 이들은 이런 나를 이상하다고, 유별나다고, 심지어는 철이 없다고, 세상 물정을 모른다고 쉽게 이야기한다.

그럴 때마다 속으로 말한다.

'그래, 그렇게 생각들 하세요. 나는 내 길을 가렵니다.'

우리 열심히 우리 길을 만들어 가자!
위로하고 격려하며….

여행은 감흥이다

태완이가 여행을 가네. 수능 준비와 여행 준비로 부담이 많이 되었을 텐데 친구들과 의논하며 준비를 잘했네. 한 번 더 살펴보고 모자라는 것 잘 챙겨라.

여행이란 좋은 거다.

친구들과 함께하는 여행은 더 좋겠지? 부럽기도 하고 걱정도 된다. 하지만 걱정은 안 하기로 했다. 지금까지의 과정을 보면 멋진 여행이 될 것이라는 확신이 생긴다.

그래도 걱정이 되는 것이 부모라서 몇 가지 도움을 주고자 한다.

먼저 안전이 최고다. 현재의 기분으로 선택하지 말고 일생으로 선택해라. 현재가 위험하면 아쉬움으로 삼켜라. 그 아쉬움이 다음 여행으로 이어지고 이러한 이어짐으로 지혜를 얻는다.

아쉬움이 지혜를 만든다. 절대로 안전과 바꾸지 마라.

많이 보고 싶은 욕심을 버려라.

여행은 느낌으로 지혜를 얻는 삶의 과정이다. 느낌이 중요하다. 느낌 없이 구경만 많이 하는 것은 별 의미 없다. 조금 덜 봐도 된다. 차분히 즐겨라. 온몸으로 느껴라. 때로는 느낌이 다할 때까지 그곳에 머물러라.

때로는 쉬어라.

빡빡한 일정으로 몸과 마음이 피로할 때 그냥 쉬어라. 새로운 것을 받아들일 여유가 있을 때 다시 시작해라. 몸과 마음이 피로하면 여행지의 신비가 눈에 들어오지 않는다. 그냥 눈만 떠 있을 뿐 마음과 머리는 잔다.

마음으로 담아라.

많은 이들이 여행에서 남는 것은 사진뿐이라고 하는데 나는 동의하지 않는다. 여행에서 남는 것은 새로움을 통한 느낌이다. 이 느낌을 제대로 갖는 방법은 온몸으로 받아들이는 것이다. 그 공간에 온몸을 던져라. 그리고 온몸으로 받아들여라.

사진부터 찍으면 온몸으로 느끼지 못한다. 감흥이 없다. 그냥 갔다온 곳에 불과하다. 그리고 메모리에 저장된 사진은 잊힌다. 훗날 우연히 그 사진을 봐도 감흥은 없다. 처음부터 감흥이 없었기 때문이다.

하지만 감흥을 먼저 가져서 그 감흥을 기억하기 위해 사진을 찍는다면 그 사진은 메모리에서 몇 번이나 환생을 할 것이다.

감흥이 사진을 남기는 것이지 사진이 감흥을 남기는 것은 아니다. 감흥을 가진 사진이 살아있는 사진이다. 사진 찍는다고 감흥을 버리는 잘못을 범하진 마라.

이번에 잘 갔다와서 다음에 부모님의 훌륭한 가이드를 부탁한다.
기대한다.

사소한 곤란은 담대하게

용하야! 네 형이 여행을 가고 할머니와 넷이 있는 집이 적적하다. 다행히 용하가 방학 중 자율학습을 마치고 집에 있지만, 그것마저 학원 다닌다고 녹녹하지는 않구나.

어제는 진짜 오래간만에 엄마, 너와 함께 셋이 영화를 보았다. 영화도 좋았고 셋이 보는 분위기 자체가 좋았다. 이런 분위기가 언제까지 지속될지 서운한 마음이 미리 든다.

어제 영화 끝나는 시간과 학원 시작 시간의 여유가 적었다. 점심이 애매해서 학원 근처 돈가스 집에 갔더니 하필 음식이 늦게 나와서 학원 시간에 늦었다. 바쁠 때일수록 검증된 곳을 이용해야 되는데 내가 안일하게 생각한 것 같아서 좀 미안하더라.

그래도 초초하거나 짜증내지 않아서 좋았다. 하루 학원 안 가고 나하고 점심 천천히 먹고 서점에서 놀고 저녁까지 먹었으면 더욱 좋았겠지만, 네가 워낙 가고 싶어 하는 학원이라 말하지 못했다.

용하야!

어제 늦게 나오는 돈가스를 기다리며 말했듯이 살다 보면 학원시간에 조금 늦는 것과 같이 사소하게 곤란한 경우가 많이 생긴다. 그때마다 초초하게 몸과 마음을 다급해할 필요 없다. 담대하게 행동해라. 담대한 행동 중에 으뜸인 것은 솔직함이다. 아버지와 영화 보고 점심 먹으려고 했는데 점심이 너무 늦게 나왔다고 학원 선생님에게 이야기하면 되는 것이다. 이해해주지 못하면 꾸중 듣고 흘리면 된다.

그리고 어려운 것이 모든 사소한 일에 너무 솔직하면 안 되는 것이다. 때로는 피해 없는 거짓말도 할 줄 알아야 한다. 그것이 설령 부모에게 해당되어도 할 수 없다. 훗날 탄로 나도 웃고 넘기거나 대수롭지 않은 수준이면 되는 것이다.

하지만 큰일은 섣부르고 담대하게 결정하면 안 된다. 겁이 없고 배짱이 두둑한 것이 담대한 것이다. 그래서 어떤 이는 큰일도 담대하게 결정해야 된다고 하지만 내 생각은 다르다. 큰일은 반드시 그것과 관련된 사람들과 의논해서 결정하고 실천을 담대하게 해라. 큰일에 대한 담대함은 언제 시간이 되면 다시 이야기하자.

네게 말은 이렇게 하지만 구분하기가 참 힘들다. 사소한 것과 큰일을 구분하는 것도 힘들 때가 많다. 그래서 나는 그 구분을 지금의 일을 하지 않거나 지키지 않으면 특별한 일이 생길 지를 예상하여 현재의 일보다 더 큰일이 생기면 사소하지 않은 것으로 판단한다.

예를 들면 어제 상황에서 특별강사가 초빙되어 강의하는 날이라면 점심보다는 학원시간을 지키는 것이 옳다고 본다. 그 초빙강사와의 시간은 되돌릴 수 없지만 나와 먹는 점심은 다른 날도 가능하니까.

살다 보면 여러 가지 문제에 부딪힌다.

사소한 것은 담대하게 넘겨라.

아니면 웃고 넘기는 지혜를 보렴.

행복을 보았다

차례상을 차리려고 일찍 일어났는데 짜릿했다.
차례를 준비하는 엄마의 발랄함이 짜릿했다.
여독으로 뒤틀린 태완이가 짜릿했다.
텔레비전 잔상이 남아있는 용하가 짜릿했다.
시집 안 간 작은 고모의 큰 소리가 짜릿했다.

부족함 있다. 보이지 않는다.
모자람 있다. 생각나지 않는다.
걱정 있다. 불안하지 않다.

스님의 깨달음이 이럴까?
차례를 지내는 내내 깨달음의 섬광이다.

오늘 아침에 번쩍이는 행복을 보았다.
강렬한 찌릿함이 가시지 않는다.

행복을 보았다.

2017. 설날에

원칙을 지켜라

　내가 책임자로 있는 모임을 걱정하는 작은 모임이 있었다. 내가 책임자의 자리를 내려놓는다는 이야기를 했더니 만류하는 자리를 친구들이 만들었다.

　어떤 모임이 잘 되려면 회원들의 자발성과 평등하고 현실적인 회칙에 의한 투명한 모임 운영이 우선되어야 한다는 확고한 믿음이 있다. 그래서 모임의 다수가 이 믿음과 뜻을 같이 하지 않으면 책임지는 자리를 하지 않으려 한다. 왜냐하면 가까운 미래에 갈등이 일어날 확률이 많고, 그 책임도 내가 짊어져야 된다는 예측이 가능하기 때문이다.

　그래서 현재의 모임도 그러한 시스템으로 변화시키려고 하는데 여기저기서 잡음이 많이 나왔다. 가장 대표적인 불만이 '세상이 법대로 움직이지 않는다. 대충하자.'였다. 얼마나 무책임한 말인가. 그리고 그 피해가 본인에게 와도 그런 너그러운 태도를 가질 수 있을까?

　우리나라가 법치주의 국가임에도 법에 의한 운영이 안 되었기 때문에 지금의 혼란이 일어나지 않았는가. 그리고 그것 때문에 우리가 얼마나 고통을 당하고 있는가. 법치주의라는 뜻을 제대로 알고 있는 통치자였다면 지금의 사태를 만들었을까? 너희들 말대로 법치주의가 법에 의한 국가 운영이 아니라, 법을 어기면 벌을 주는 것으로 해석한 것이 아닌가 한다. 그것도 자기에게만 합리적인 법으로….

다시 아버지 이야기로 돌리자면, 그래서 이 모임도 회칙이 불합리한 점이 너무 많아서 회원들의 의견을 수렴한 후 합리적으로 고쳐서 총회를 통과시켰다. 그리고 이 회칙대로 실행하면 갈등이 일어날 확률이 줄어든다.

그런데 실제 운영은 관행적인 방법을 고수하였다. '회칙 따로. 실제 따로.'인 것이다. 지금까지 이렇게 운영되어 회원 수가 줄어들고 그나마 있는 회원들도 회비를 내지 않고, 평등을 잃은 회칙 때문에 피해를 입은 회원들과 운영진과의 갈등이 심화되었다. 그럼에도 아직까지 원칙보다는 관행으로 갈등을 키우려 했다.

내가 할 수 있는 일은 책임지는 자리에서 물러나는 것밖에는 없었다. 그랬더니 만류하는 자리를 만들면서 하는 이야기가 또 '원칙'보다는 '대충'이었다. 그리고는 책임감 없다고 나를 탓한다.

책임 있는 자리는 그대로 유지하기로 했다. 대신에 내가 생각하는 '원칙'은 소신대로 밀고 가기로 했다. 임기까지만 밀고 나가고 설득도 할 생각이다. 총무도 새롭게 선임해서 투명하게 운영할 것이다. 그래서 갈등의 여지를 남기지 않을 것이다.

얼마 전에 태완이가 친구들과 '계'를 조직한다고 회칙과 통장 개설하는 법을 물어왔다. 그때도 회칙이 중요하기 때문에 현실적이고 평등한 회칙 제정과 개인 통장보다 계이름으로 통장을 개설할 것을 당부했다. 불합리한 회칙 때문에 생기는 갈등의 원인을 없애고 개인통장으로 회비를 관리할 때의 불안전성을 제거하기 위한 것이었다.

원칙을 고수해라. 그래서 예측 가능한 갈등을 제거해라.
한정된 시간을 늘리지는 못해도 쓸데없는 갈등 조장으로 허비되는 시간은 과감하게 줄여라.

술 먹은 후에…

늦게 들어온다고 하더니 일찍 들어왔네.
다음날 03:30

늦게 들어온다는 말에 늦게 들어오겠지 하는 마음으로 잠이 들었다.
다음날 03:30
화장실 간다고 일어나니 거실이 훤하다.
늦게 들어와서 그냥 자나 하는 마음에 방문을 열어보니 없다.
안 들어왔다. 전화를 하니 바로 받는다.

어디야?
친구가 술을 많이 먹어서 집에 데려다주고 있어요.
언제 올 거야?
데려다주고 바로 들어갈게요.
알았어. 조심해서 와!

04:00

현관문 열리는 소리가 나더니 자기 방에 바로 들어간다.

아내가 따라 들어가더니 그냥 온다.

잔소리해도 그 잔소리가 가치없음을 아는 현명한 아내다.

07:30

아내와 아침을 먹는다.

아무 기척이 없다. 문을 열어보니 죽은 목숨이다. 술 냄새가….

아내에게 내가 한소리 할 테니 그냥 있으라고 이야기했다.

11:30

일어났다.

술 냄새와 피곤이 얼굴에 묻어 있다.

아내가 밥을 차려 준다. 시원한 국물 생각 안 나니?

그렇단다.

콩나물 국물 많이 먹어라.

12:30

거실에서 술꾼을 불렀다. 한소리 들을 각오를 한 얼굴이다.

술 먹고 와서 양치질 했나?

아니요.

씻고 잤나?

아니요.

술 먹고 양치질하고 씻고 자라. 우리 집은 치아가 약해서 관리를 잘해야 한다. 할머니나 내가 이 때문에 고생하는 것을 보면 알 것이다. 그리고 씻고 자야 다음날이 한결 개운하다. 술 냄새도 줄일 수 있고, 술 먹은 후에 꼭 양치질하고 씻고 자는 습관을 길러라.

친구는 잘 데려다줬나?

네.

잘했다. 같이 술 먹었는데 취한 친구 그냥 두는 것은 의리가 아니다. 최소한 택시라도 태워서 보내주고 돈도 없으면 네가 대신 지불해라. 그게 술친구다. 만약에 반대 입장인데 너에게 그런 술친구 없으면 다음부터 술친구 하지 마라. 그리고 반성해라.

다음 날 사람들과 함께 해야될 일 있으면 술 적게 먹어라. 술 냄새 풍기는 사람을 신뢰하는 사람 드물다. 자기 관리다.

숙취가 남아 있다면 물을 자주 마셔서 알코올 배출시켜라. 다른 방법 없다.

13:00

피는 속일 수 없나 보다.

비틀거리는 이가 눈앞을 지나간다.

안방에 들어가니 아내가 그래도 나를 닮아서 얼굴은 안 빨갛대 한다.

어이구! 그냥 웃자!

17:00

초등학교 동창 모임이 있어서 술 마시러 간다.

22:30

집에 도착했다.

일찍 들어왔다. 갈 데도 없었다. 새벽까지 마셨던 시절이 그립기도 하다. 그리고 새벽까지 마시는 아들이 걱정되기도 하다. 옛날 사람들 말이 맞다. 니도 자식 놔 봐라. 그래 맞다. 하지만 나는 술 마신다고 잔소리 안 하련다. 대신 자기 관리에 대한 잔소리는 하련다.

소중한(?) 경험들이 많으니까….

아들! 너도 네 아들에게 소중한 경험들 잘 물려줘라.

어머니 존경해라!

요즘 어머니가 많이 피곤하다.

외할머니께서 뇌출혈로 쓰러지신 후 외가를 왔다 갔다 하는 것도 힘든 일인데, 할머니께서 병원에 입원하게 되어서 어머니가 너무 힘들다. 두 분이 여자이다 보니 내가 할 수 있는 병간호의 한계가 있어서 집안일을 돕는 것과 걱정만 할 뿐이다. 어머니가 하시는 일에 비하면 새 발의 피다.

결혼생활의 시작부터 할머니를 모셨는데 할머니의 고집으로 병원 신세를 크게 진 것이 한두 번이 아니다. 잠시도 가만 못 있는 할머니의 성격으로 우리가 집에 없으면 아픈 몸으로 온갖 일을 하신다. 그러다가 이번처럼 병원 신세를 크게 지신다.

경제적인 부담부터 시작해 나와 엄마가 직장생활을 하기 때문에 불편한 점이 한두 가지가 아니다. 다행히 큰 고모와 작은 고모가 도와줘서 아슬아슬하게 위기를 넘기고 있지만 불편함과 피로감은 상상 이상이다.

이번 참에 약속한다. 아들아! 나와 어머니는 나이 들면 고집 안 피울게. 이 글로 약속한다.

대단한 어머니다.
지혜로운 어머니다.

이런 일로 다투는 가정도 많은데 어머니는 자연스럽게 받아들이고 현명한 결정으로 현 상황을 더 이상 악화시키지 않는다. 그리고 진심으로 할머니를 위하고 걱정하신다. 내가 너무 미안해서 어머니께 말을 할 수 없을 정도다.

"힘들지? 미안해! 고마워! 사랑해!"라는 말로 어머니를 위로하는 것은 너무 염치없는 짓이다.
우리 가족을 위한 어머니의 희생을 절대 잊어서는 안 된다.

아들! 지금처럼 어머니 존경해라. 나이 들어 혹여 의견 충돌이 있어도 어머니께 절대 역정 내지 마라. 그 역정 내게 내라. 내가 다 받아 주련다. 그리고 나는 언제나 어머니 편이다.

어머니께 많이 미안하다.

직업으로 판단하지 마라

얼마 전에 초등학교 친구들과 술을 한 잔 했다. 이런저런 이야기로 추억을 소환하고 깊어진 세월을 야속해하는 신세 한탄이 무르익어 갈 무렵 한 친구가 우리의 앞날에 대한 걱정을 시작하였다.

정확히 말하면 내가 선생의 나약함으로 동기회를 이끄는 것을 걱정하는 것이었다. 교사라는 직업이 질펀한 굴곡 없이 세상의 흐름에 몸을 맡겨 이리저리 떠다니면 되는 안락한 생활이니 동기들의 이런저런 불평을 감당할 수 있을지가 걱정이라는 것이었다.

교사 생활을 바라보는 보통 사람들의 생각에 일일이 대꾸할 마음은 원래부터 없어서, 나를 욕하면 욕 듣고, 미워하면 미움받으면 되지, 그게 그렇게 힘든 일인가하고 반문했더니 말이 없다.

사람들은 그 사람의 직업으로 그 사람의 삶을 판단하는 경향이 심하다. 나는 우리 사회의 올바른 리더의 부재를 통감하며 리더십, 심리, 문화 이해, 결정, 인간과 사회의 진화에 깊은 관심을 갖고 현실에 적용시키기 위해 나름대로 열정을 쏟았다. 그래서 이제는 제법 그 조직의 장단점을 파악하지만 도움을 요청하지 않으면 나서지 않는다.

그리고 나는 아나키스트다. 권력을 이용해 개인의 자유의지를 억압하는 것을 극도로 싫어한다. 그래서 감투를 맡지 않으려고 노력한다. 어쩔수 없이 맡으면 내가 가진 권력으로 타인의 자유를 해치지 않을까 걱정하고, 자유를 누리기 위해 억압의 현실에 참여하는 자유의지를 갖기를 주장한다.

동기회장이라는 직책도 아무도 할 사람이 없어서 했고 자유로운 참여를 강조하고 있다. 그리고 자유롭게 참여할 정도의 가치가 없는 모임이라면 해체하는 것이 바람직하다고 주장한다.

이러는 내가 마음에 들지 않았는지 자신이 왜곡한 직업에 대한 선입견으로 나의 삶을 판단한 것이 옳다고 우기며 화를 낸다.

돌아보면 나도 그런 것 같다. 검사나 고위공직자가 아닌 분들이 정치를 하면 전문성이 부족해 보인다며 폄하하고, 나보다 힘든 일을 하는 분들의 주장을 가볍게 여긴 적이 꽤 많았다.

직업으로 그 사람의 삶을 판단한 것이 후회되는 오늘이다.

세상은 책이 아니다

　원리원칙으로 문제를 해결하는 사람을 보고 많은 사람들이 세상은 책이 아니라고 나무란다. 맞는 말이다. 하지만 근본적인 해결을 위해서 원리원칙을 고수하는 태도는 비난받을 일이 아니다.

　너희들이 알다시피 나는 책을 많이 읽는다. 그리고 책 내용을 현실에 적용하기 위해 노력한다. 하지만 책에서 얻은 지혜로 다른 사람을 변화시키기 위해 애쓰지 않는다. 사람의 변화는 자발성이 없으면 절대 이루어지지 않는다. 자발성이 있어도 실천하려는 지속적인 의지가 없으면 습관화가 되지 않는다. 그래서 나는 내가 실천할 뿐 강요하지 않는다. 또한 나의 실천을 인정받으려고 노력하지도 않는다.

　사람들은 책을 원리원칙에 비유한다. 책을 진리로 보는 것이다. 나도 그렇게 생각했다. 그래서 한동안 책으로 세상을 보았다. 책과 다르게 돌아가는 세상에 한숨 쉬고, 책과 다른 선택을 하는 사람을 측은하게 바라보았다. 그랬더니 내가 속한 많은 조직과 나와 함께하는 많은 사람들에게 실망하는 일들이 많았고, 그들의 미성숙과 쾌락적인 선택을 아쉬워하면서도 변화시킬 수 없는 현실에서 많은 내적 갈등을 겪었다.

책은 원리 원칙이 아니다. 책은 진리가 아니다. 책은 세상의 일부이다. 세상의 일부가 책 속에 있는 것인데 나는 그 일부로 세상을 바라보면서 전체로 본다는 어리석음을 저지른 것이다. 다른 이들도 그들이 보는 일부로 전체를 볼 뿐인데, 그것이 나의 일부와 일치하지 않는다고 교화의 대상으로 여겼으니 이 얼마나 어리석은 짓인가?

책은 내가 가진 일부를 성숙시키는 수단이다. 그 일부의 성숙과정에서 얻는 지적 쾌감이 책이 주는 선물이다. 그리고 그 지적 쾌감이 내가 가진 일부를 확장시켜 나와 같은 세상의 일부들과 연결시킨다. 책이 선물하는 또 다른 확장된 모습이다.

아들!
책으로만 세상을 보지 마라. 책으로 세상을 변화시키려 하지 마라. 너희들이 보는 책은 너희들이 바라보는 세상의 일부일 뿐이다. 책은 너희들이 바라는 그 일부의 세상을 너희들과 연결시켜 지적 쾌락을 샘솟게 하는 것이다. 그 지적 쾌락에 짜릿함을 느끼면 된다. 그 짜릿함을 억지로 남과 공유하려 하지 마라. 그 짜릿함이 부러우면 따라하겠지….

아들!
책이 주는 짜릿함에 만족하자! 그것으로 만족하자!
이것이야말로 '내가 생각하는 책이다.'

먼저 이야기하자

지난주는 정말 바쁘고 피곤했다. 고향 친구이자 먼 친척이 되는 친구의 아버지가 돌아가셔서 3일 밤낮을 같이 했다. 나는 아버지를 일찍 여의어서 아버지를 멀리 보내는 친구를 보면 예사롭지가 않다. 불쑥불쑥 찾아오는 그리움을 어떻게 감당할지….

친구를 만날 때마다 친구 형님과 사이가 좋지 않다는 것을 느꼈다. 남의 가정사라 거들지는 못하고 고개만 끄덕였는데, 아버지를 멀리 보낸 후에 화해를 하더구나. 형제가 아버지 옆을 밤새 지키며 많은 이야기를 한 모양이더라. 그리고 상당 부분이 오해였음을 알았다더구나. 그러면서 그때그때 대화를 했으면 오해하지 않고 우애 있게 지낼 수 있었을 것이라고 후회하더라.

요즘 걱정이 좀 된다. 너희들 사이에 대화가 없는 것 같더라. 서로 존중하지 않는 것도 아니고 사이가 나쁜 것도 아닌데 도움이 될 만한 이야기를 공유하지 않는 것 같더라. 용하에게는 형에게 물어보라고 하면 그냥 씩 웃고, 태완이에게 먼저 이야기할 것을 권하면 용하가 먼저 말하기를 기대하는 것 같더라.

지금까지 너희들의 됨됨이로 보아 그럴 일은 없겠지만, 사소함을 습관화시키지 않으면 좋겠다. 그래서 서로 미루지 말고 생각나는 그때, 말하고 싶은 그때, 그렇고 그런 때에 먼저 이야기하면 좋겠다.

나는 너희들의 우애를 늘 자랑한다. 너희들을 아는 다른 이들도 정말 부러워한다. 지금 나의 걱정이 작은 기우이길.

용하야. 이번 주말에는 멀리 있는 형에게 먼저 연락해.

태완아. 다음 주가 용하 중간고사인데 위로 좀 해다오. 너도 시험 잘 치고….

작은 실천, 참 힘드네!

오래간만에 좋은 분들과 만났다.

"몸 관리 잘하십니다. 대단하십니다!"
"적게 먹고 많이 움직이면 되죠?"
"누구나 알고 있는데 실천하지 못하는 것이 문제죠?"

요즘 작은 실천 때문에 힘이 든다. 체중관리와 같이 나를 위한 작은 실천이 힘든 것이 아니라, 타인과 관계된 작은 실천이 힘들다.

세금 때문에 세무서에 갔는데 담당자가 다짜고짜 큰소리다.
'내가 낸 세금으로 당신이 월급 받는데, 왜 당신이 나에게 큰소리냐?'
마음속으로 삭힌 말이다.

어머니에게 물어보면 내 성격이 얼마나 다혈질이었는지 알 것이다. 그리고 얼마나 급한 성격인지도 알 것이다. 하지만 세상살이에 결코 도움

이 되지 않음을 깨달았기에 요즘은 마음 다스림과 무엇이 사람다운가
에 대한 되뇜으로 개선하는 중이다.

그런데 요즘 좀 힘들다.
배려하면 무시하고, 겸손하면 갑질하고, 자발성을 유도하면 주제 파악
못하고, 화난 감정 꾹 참고 차근차근 말하며 되레 큰소리고, 다른 의견
은 비웃고….
인간관계망이 넓어져서 그런지 이런 사람들이 많아지는 것 같다.

작은 실천 포기하고 내 능력과 힘을 과시해볼까?
덜 사람답게 살까?

아들! 그래도 사람답게 살아야 되겠지?
세무서 일 때문에 잠시 작은 실천을 포기하려 했는데 어머니가 도와
주었다.
작은 실천의 강자는 역시 어머니다.

힘낼게.

아버지 걱정하지 말고 들으세요

"아버지 걱정하지 말고 들으세요."

"왜? 무슨 일인데?"

"제가 교통사고가 났어요. 여기 병원인데 엄마도 같이 있어요."

수업을 마치고 전화기를 보니 태완이의 부재중 전화가 와 있었다. 낮에 좀처럼 전화를 안 하는데 무슨 일인가 하는 마음으로 통화를 눌렀는데 네가 사고 소식을 알렸다.

얼른 인터넷을 검색해보니 네가 탄 시외버스 사고가 뉴스에 나와 있었다. 다친 데가 없는 것이 의사 말대로 기적에 가까운 제법 큰 사고였다.

저녁에 네 이야기를 들으니 안전벨트를 맨 것이 기적을 일으켰음을 알았고, 안전벨트를 매지 않은 어른들이 급정거에 중앙 통로로 튕겨 나가서 많이 다쳤다는 것도 알았다.

작은 것도 실천하는 너희들의 습관이 이번 사고에서 얼마나 중요한지를 깨달았을 것이다.

혹시 모를 경우를 대비하여 월요일에 병원 진료를 받고 서울로 갔는데 지금까지 남아있는 트라우마 때문에 걱정이다. 사고와 비슷한 상황이 되면 불현듯 밀려오는 불안감이 오랫동안 갈 것이다. 그 불안감을 붙잡지 말고 물처럼 그냥 흘려보내라. 먼 옛날의 추억처럼 흘려보내라. 어느 날 잊혀져 있을 것이다. 그리고 계속 힘들면 정신과 상담도 괜찮다. 정신과에 가는 것을 두려워하지도, 부끄러워하지도 마라. 몸 아프면 병원 가듯 마음 아프면 정신과 치료 받는 건 당연하다.

나도 산악자전거를 탄 후 점심시간에 막걸리를 조금 과하게 먹었었다. 집에 돌아온 후에도 술기운이 남아 있는데도 사우나를 갔는데 심장의 이상을 느껴서 병원에 갔다. 그 뒤에도 생활 속에서 비슷한 조건이 되면 정신이 혼미해지고, 식은땀이 나고, 연방 쓰러질 듯하여 병원에 가서 진정제를 맞는 일이 잦았다. 대학병원에 가서 정밀 진단까지 받았는데 심장의 이상이 아니라 정신의 문제였다.

처음에는 엄마 몰래 정신과 상담을 받다가 한 달 정도 지나서 엄마와 함께 정신과 진료를 받았다. 약물 치료와 심리 치료로 나았다. 하지만 지금도 간혹 비슷한 환경이 주어지면 몸에서 약한 증세가 나타난다. 그러나 어떤 일도 생기지 않음을 알기에 의연하게 넘기고 있다.

그리고 너에게 말하는 것처럼 트라우마로 시달리는 주변 사람들에게 정신과 진료를 권장하게 되었다. 실제로 트라우마를 암으로 의심하는 친구에게 정신과 진료를 권장하여 평상의 삶으로 돌아오게 한 일도 있다.

아! 그리고 운동하면서 절대로 술 마시지 말고, 술 먹고 사우나 절대로 하지 마라. 과하지 않았다고 생각하고 이 정도는 괜찮겠지 했지만 그

야말로 나만의 착각이었다. 처음 진료한 의사가 건강하지 않았으면 큰일 날 뻔했다고 몇 번이나 강조하며, 절대로 술 먹고 운동하는 것, 술기운이 있는 상태에서 사우나 하는 것을 못하도록 했다.

태완아, 정말 다행이었다.
습관화된 너의 작은 실천이 너의 생명을 살렸다.
앞으로도 다른 사람들의 시선을 신경 쓰지 말고 꼭 해야 되는 작은 일들 실천하자. 그리고 우리의 영향력을 긍정적으로 받아들이는 사람들과도 함께하자.

아침에 일어나 되뇐다.
다행이다. 정말 다행이다.

배려는 내가 하는 것이 아니다

어머니가 나 때문에 마음고생이 많다.

너희들이 알다시피 나는 존 스튜어트 밀이 주장하는 자유론에 가까운 사람이다. 그래서 나의 행동이 다른 이의 자유에 손상을 입히지 않는 범위에서 나의 자유를 최대한 누리려고 한다. 우리 집 서가에 아나키즘이나 아나키스트에 관한 책들이 많은 것도 이런 이유란 것을 너희들도 알 것이다.

타인에 대한 배려도 내가 생각하는 자유의 연장이라고 생각한다. 보통 사람들은 배려를 내가 베푸는 미덕이라고 생각한다. 그래서 그 사람이 싫다는 것도 몇 번 권하는 것이 우리 사회의 미덕이 되었다. 그리고 내가 생각하는 방식대로 상대방이 따라오도록 하는 것이 배려의 미덕이 되었다.

엄마는 이 미덕을 잘 따른다. 나는 잘 따르지 않는다. 엄마가 난처한 경우가 있다. 너희들의 이모들이 이 미덕을 나에게 베풀 때가 있다. 나는 이 미덕을 따를 준비가 전혀 되어 있지 않는데… 정말 난감할 때다. 이때 엄마는 항상 부드러운 변명으로 나의 자유를 보장해 준다. 미안하고 고마운 마음이 겹친다. 이런 엄마의 선택이 나에게는 배려다.

배려는 상대방이 판단하는 것이다. 상대방이 원하는 대로 하는 것이 배려다. 비를 맞는 사람에게 우산을 씌우는 것이 아니라 함께 비를 맞는 것이 배려일 수도 있다. 단 함께 비를 맞는 것이 나의 건강을 해치고, 내가 가진 우산을 자랑하는 것이고, 우산이 없는 상대방을 조롱하는 것이라면 자해고 능멸이다.

자해하면서 배려하지 마라. 그 자해를 상대방이 알고 나면 인생의 짐을 보태는 것이다. 그리고 온갖 미사여구로 능멸을 배려로 포장하는 어리석음을 저지르지 마라. 간절히 배려를 원할 때 같은 방식의 앙갚음과 마주할 것이다.

엄마를 통해 배려를 생각하는 요즘이다.
그리고 나의 배려가 진정한 배려였는지 증폭되는 의문에서 헤어나지 못하는 밤이다.

태완아! 다가오는 목요일에 너를 만날 수 있어서 좋다. 참 좋다. 참 좋은 내 마음 배려 좀 해주라. 맥주 한 잔 하자. 시원하게….

언쟁을 피하지 말자

아버지가 회장으로 있는 모임이 있다. 엊그제 1박 2일로 단합대회 겸 피서를 다녀왔다. 나는 이 모임의 회장으로 있는 것이 몹시 불편하다. 제대로 대화를 할 수 없다. 어떤 친구가 자신의 의견을 솔직하게 토로하면 다른 친구는 그것이 틀렸고 자신의 생각이 옳다고 우긴다.

내가 현재의 회장단이 무척 어렵다고 이야기하면 옛날에 다 해봐서 아는데 문제없다고 이야기한다. 과거에 다 해봐서 해결되었다면 왜 계속해서 같은 문제가 반복되느냐고 물으면 싸움된다고 말하지 말자고 한다. 즐거운 이야기만 하자고 한다. 당연히 모임의 발전은 없고 제자리만 돌고 있다. 이런 이유로 불참하는 회원들은 나날이 늘어가고 있다.

같은 생각을 가진 사람끼리 같은 일을 한다는 것은 기적에 가깝다. 각자의 생각이 있기 마련이다. 그 생각이 입으로 나오지 못하거나 나오는 것이 방해를 받는다면 그 사회-모임, 단체, 회사, 국가-는 진보하지 못하고 퇴행하는 것을 거역할 수가 없다.

나의 생각이 옳다면 토론 과정을 통해서 옳음이 증명되는 것이고, 나의 생각이 부족하다면 다른 이의 옳은 생각에 의해 교정되거나 수정되어 더 큰 생각으로 확장되는 것이다. 개인의 성장이고 사회의 성장이다. 그리고 토론으로 가기 위해 거쳐야 하는 과정이 언쟁이다. 성장을 위해서 어쩔 수 없이 겪어야 하는 과정이다. 그래서 이 언쟁을 건너뛰고 생산적인 토론으로 나아가지 못한다는 것이 나의 생각이다.

다만 언쟁이 아무리 말싸움이라 해도 저급한 말싸움이 되지 않도록 하자. 욕, 인신공격, 아픈 추억을 끄집어내거나 나만이 옳다고 우기는 것, 내가 다 해봤다는 무시성 말투는 조심하자.

하지만 목소리가 빨라지고 높아진다 하여, 다소 마음이 불편하다 하여 말싸움을 회피하지 말자. 회피하면 그 순간은 웃을 수 있지만 그 웃음의 대가는 와해다.

아버지의 모임이 걱정이다. 언쟁을 회피하는데 자꾸 불을 지필 수는 없고, 해야 될 큰일은 있고… 걱정이다. 그 큰일을 하면서 얼마나 마음을 다칠지 걱정이다. 그 큰일이 끝나고 나면 원수가 되는 친구도 있을 것이고 모임은 와해될 것 같다. 이런 상황이 나의 한계인지도 모르겠다.

스쿨 패밀리! 우리는 속 시원히 이야기하자. 때로는 목소리 높이자. 단 가족 간의 예의는 지키면서….

아버지는 성장한다

새로운 정권이 들어서서 장관을 비롯한 청문회가 한창인데 여전히 업무 수행 능력이나 정책 검증보다 인간의 실수, 오류에 대한 검증이 우선인 것이 아쉽다.

물론 내가 현 정권에 대한 우호적인 입장이라서 이렇게 주장하는 지도 모르겠다. 그렇지만 지금의 청문회 형태에 대한 아쉬움은 많다.

사람은 성장한다.

나의 바람, 우리의 바람, 인류의 영원한 바람인 완전체의 성스러운 인간으로 태어나는 것이 아닌 것은 분명한 사실이다. 사람과의 관계, 환경과의 조우를 통하여 바람직한 인류애를 품는 과정이 필요하다는 것도 인정할 것이다. 나는 이런 과정을 사람의 성장이라고 생각한다. 그래서 성장의 과정에서 의도했거나 그렇지 않은 결과를 위하여 의도했거나 혹은 그렇지 않은 행위가 존재한다.

지금 청문회는 이 성장의 결과와 과정을 검증하는 것이 주가 된 것 같다. 그래서 아쉽다. 이 성장의 과정과 결과는 현재인데, 과정의 아픔,

고의, 실수를 현재의 입장에서 검증하는 것이 아쉽다. 이런 검증은 사람의 성장을 부정하는 애초부터 완전체의 성인을 갈구하는 것이라는 생각이 든다.

아버지인 나도 지금 생각하면 아찔한 순간이 많다. 지금 남이 알면 도덕적으로 지탄을 받을 일이 있고, 지금의 주장과 어긋나는 행위가 많았다. 부끄럽고 숨기고 싶다.

하지만 더 부끄러운 것은 관습, 사회 통념이라는 생각으로 정당한 대가를 지불하지 않은 것들이다. 몇 장관 후보들이 업무나 정책 수행 능력은 탁월함에도 국민적인 거부감을 갖게 만든 것은, 본인의 의지에 의한 과정상의 오류, 정당한 대가 지불에 대한 회피 때문이라는 생각이 든다.

아들!

불완전한 성장의 과정으로 실패와 실수가 있는 것이 사람이다. 그래서 실패를 성공의 어머니, 실수를 성장통으로 미화하는 사회 통념을 만들었다.

하지만 실패의 경험에서 오는 지혜를 얻지 못하고, 실수에 대한 정당한 대가의 지불이 없으면 현재의 성장을 심각하게 방해하는 요소로 작용한다. 현재의 청문회처럼….

너희들은 나의 과거다. 나는 너희들의 미래다. 너희들의 미래를 새로운 성장점으로 만들려면 나의 과거를 책임져라.

또 한 가지 더,

얼마 전에 어떤 모임에서 우연히 나의 과거로 현재를 평가하는 선배의 이야기를 들었다. 예전에는 발끈하며 변명했을 것인데 조용히 과거를 회상했다. 과거의 나를, 현재의 나를 바라보는 사람이 섞여 있는 현실을 받아들였다. 그리고 다짐했다. 과거의 관점으로 그 사람을 바라보지 말자. 현재 내 앞에서 말하고 행동하는 사람은 성장한 또 다른 나다.

나는 지금도 성장한다.
또 다른 나도 성장한다.

기분 좋은 술자리

친한 선배의 어머니께서 돌아가셔서 선배, 후배들과 조문을 갔어.

조문을 마치고 집 근처에서 술자리를 가졌어.

막내 후배가 운전을 한 것이 미안해서 맏형 선배가 고마움을 표시하는 자리였어.

이런저런 이야기를 하다가 선배가 요즘에 많이 하는 생각을 고민처럼 풀어내셨어.

맏형 선배가 그 고민을 다른 관점으로 해석하면서 다양한 생각들이 오고 갔어.

옳고 그름의 관점이 아닌 본인들의 생각들을 자유롭게 이어나갔어.

진지하면서도 재미있었어.

오래간만에 술자리가 즐거웠어.

기분이 좋았어.

그 다음날은 숙취도 없었어.

아버지가 좋아하는 술자리는 약간의 술에 기대어, 생각을 나누고 생활의 지혜들이 오고 가는 자리야.

슬픔에는 슬픈 마음을, 기쁨에는 기쁜 마음을, 안타까움에는 안타까운 마음을 더하는 자리가 내가 좋아하는 술자리야.

그런데 요즘은 그런 자리가 드물어.

자기 생각을 너무 강요해. 자기 말만 하고 다른 사람 말은 잘 안 들어. 아부성, 인기성 말을 너무 많이 해. 아니면 술만 마셔.

그 다음날은 숙취 때문에 힘들어.

나는 너희들이 술만 마시는 자리보다 이야기가 오고 가는 술자리를 좋아하면 좋겠어.

새로운 다툼과 갈등을 만드는 술자리는 안 가면 좋겠어.

술친구의 이야기에 웃고 박수 보내고 찡그리고 안타까워하면 좋겠어.

민감한 이야기는 술자리에서 안 하면 좋겠어.

자기 삶의 방식을 강요하지 않으면 좋겠어.

풍문으로 들은 이야기 함부로 안 옮기면 좋겠어.

감정적이고 자극적인 말 안 하면 좋겠어.

술을 배우는 지금부터 노력하여 습관화시키면 좋겠어.

그래서 너희들의 술자리가 짜릿하고 상쾌하기를 바라.

숙취 없는 술자리!

기분이 묘하다

태완! 여름방학을 함께해서 좋았어.

초등학교 이후 너와 이렇게 긴 시간을 같은 공간에서 생활한 경우가 없었던 것 같아.

너와 네 엄마와 셋이 함께한 해외여행이 좋았어. 너의 진취적이고 자기주도적인 성향에 여유까지 더해져, 문제를 합리적으로 해결하는 모습이 자랑스러웠어. 덕분에 네 엄마와 나는 정말 즐거웠어.

기분이 묘하다.

개강을 앞두고 내일 떠난다는 너의 말이 묘한 기분을 만든다. 서운한 것이 아니다. 섭섭한 것도 아니다. 묘하다.

태완! 늘 잘하듯이 2학기도 파이팅하자. 그리고 엄마에게 소식 자주 전해줘.

벌써 너와 함께할 겨울방학이 설렌다.

겨울방학에도 시간 좀 내줘. 부탁해 태완!

내 삶이 좁다

안타까웠다.

고집은 팽창하고 겸손은 수축하는 세상이 안타까웠다.

듣는 것보다 말하는 것이 더 많아지는 세상이 안타까웠다.

그래서 고집이 필요한 곳에서도 겸손해지려 했다.

말이 필요한 곳에서도 들으려고만 했다.

내가 아는 것이 좀 많은 것 같아.

내가 경험한 것이 좀 많은 것 같아.

나는 내가 보고 듣고 읽고 경험한 것을 재구성해서 내 생활에 적용하려는 경향이 높아. 그래서 같이 보고 듣고 경험한 사람들보다 기억하는 것이 많아. 요즘도 어떤 회의를 마치고 나면 나는 들었는데 못 들은 사람들이 너무 많아. 너만 어떻게 들었냐고 묻는 경우가 많아. 어쩔 때는 못 들은 사람이 다수라서 내가 잘못 들은 것으로 결론 나는 경우도 있어.

지능지수는 낮지만 그나마 내가 좀 똑똑한 이유인 것 같아.

이런 이유 때문에 얼마 전까지 사람들에게 말을 많이 했어. 어떨 때는 무시하는 말도 한 것 같아. 많은 후회가 된다.

그래서 가능하면 말을 줄이고 듣는 생활을 실천하고 있어. 하지만 아직도 말이 많은 것 같아. 특히 술 마시고 취기가 어느 정도 있으면 더 그런 것 같아.

아쉽고 안타까운 경우도 많았어.

나서려고 하니 경청과 겸손이 부담스러웠고, 가만히 있으니 생활의 진보가 없었어. 그리고 다른 이들의 말과 고집이 의외로 지나쳤어. 안타까웠어. 어떻게 해야 되나? 고민도 많았어.

근래에 좋은 사람들을 만났어. 제법 많이 만난 것 같아.

내가 이야기를 조심스럽게 시작했는데 정말 잘 들어주었어. 들어준 것을 넘어서 묻는 거야. 짜릿했어. 그래서 내 이야기를 들어줘서 고맙다고 했어. 술값은 내가 냈는데 술값 때문에 들어준 것은 아닌 것 같아.

내가 만나는 사람이 적다는 생각을 했어.

내가 세상을 너무 좁게 산다는 생각을 했어.

그래서 사람 만나기를 주저하지 않기로 했어.

사람 만나는데 이것저것 따지지 않기로 했어.

좀 많이 만나고 좀 넓게 살면 경청과 겸손 때문에 힘들지 않아도 될 것 같아.

아들!

너희들이 하는 것 보면 다른 또래보다 세상에 관심이 많고 관심 가는 곳을 깊게 파려는 경향이 강한 것 같아. 당연히 하고 싶은 말도 많아지겠지만 속 시원하게 할 수 있는 곳은 많지 않아.

많은 사람들을 만나. 계산하지 말고 만나. 그 사람들 중에 너희들의 말을 들을 줄 사람들이 있어. 주저없이 세상 속으로 나가. 그 세상에 너희들의 말을 들어줄 사람들이 살고 있어.

좁은 삶 살지 말자.

세상과의 조우로 성장해라

요즘 내가 빠져 있는 책은 근현대사와 조우하여 지성인이 된 인물들이다.

조우의 사전적 의미를 보면 '어떤 인물이나 사물, 경우를 우연히 만나거나 마주침'이다.

어떤 이는 이 우연한 만남을 지나쳤지만 어떤 이는 이 우연한 만남으로 지성인이 되었다. 그리고 지성인이 되리라는 목적을 가지고 행한 행동이 아니라 직업적인 사명감이 가져다준 결과라는 생각을 했다.

그래서 아버지도 우연함을 그냥 지나치지 않으려고 한다. 이 우연함이 가져다준 기회를 내 성장의 발판으로 삼기 위해 노력한다. 출세하기 위해서, 명성을 얻기 위해서, 권력을 가지기 위해서 최선을 다하는 것이 아니라 이 우연함이 가져다준 성장의 기회를 놓치고 싶지 않다.

가끔 화가 나는 친구들을 만날 때가 있다.

세상의 변화에 능동적으로 대처하는 것이 아니라, 줏대 없는 자기의 관점에 주변의 줏대 없는 관점들이 더해져서 세상의 변화에 공감하지 못하는 친구들이다. 더 나아가 사회에 축적된 진실을 알려 하지 않고 선동에 가까운 교조에 편승하여 자신의 잘못을 인지하지 못하고, 이것을 객관적으로 지적하는 타인에겐 오히려 많이 부족한 자신의 틀을 덧씌우는 당당함을 '무식'으로 받아들이지 못하는 친구들이다. 이런 친구들에게 세상의 조우가 성장으로 이어지는 것은 불가능하다.

지성인들을 읽으면서 사람은 타고난 유전 인자가 있구나 하는 느낌을 지울 수는 없지만, 세상과의 조우를 직업적인 관점으로 해결하려는 실천적인 태도가 다른 이들과의 차이라고 생각했다.

아버지는 교사다. 교사를 하는 중에 우연히 영재교육을 알았고, 우연히 리더십과 학교 문화의 중요함을 알았다. 그 중요함을 놓치고 싶지 않아서 책과 사람으로 공유했다. 그 결과가 지금의 아버지다. 꽤 괜찮은 사람이다.

성장을 위한 나의 변화 기회는 필연보다는 우연이다.
조우로 성장해라. 그리고 그 조우를 직업으로 공감하여 너희들의 삶을 풍요롭게 해라.
우연이 가져다준 기회를 성장으로 이끌지 못하는 편협한 삶을 부끄러워하고 경계하고 경계하라.

멀리해야 할 사람 있다

너희들이 아주 어릴 적부터 했던 말이 있다.

'사람은 똑같다. 선입견이나 겉모습, 다른 사람의 판단에 의지하지 말고 어울려야 한다.'

요즘은 좀 다르게 생각한다.

'똑같은 사람이지만 시샘하고 시기하고 질투하고 실수를 가장하여 타인을 골탕 먹이고, 옳고 그름을 판단하는 기준이 자신의 기분에 좌우되는 사람은 멀리해라.'

이런 사람을 한 번 보고 판단할 수 없을 것이다. 하지만 그 사람의 말과 행동 때문에 곤혹스러운 일이 반복적으로 일어난다면 의심하고 유심히 살펴야 한다.

그 의심이 사실로 확인되면 반드시 멀리해야 한다.

이런 사람의 간교는 끝이 없다. 너희들이 필요할 때에는 온갖 감언이설을 늘어놓을 것이다. 하지만 너희들이 필요가 없거나 재능이 특출한 본인이 손해 본다고 생각하면 간교가 시작될 것이다. 그것도 끝없이….

멀리해야 될 사람 또 있다.

지위가 능력이라고 맹신하는 사람이다. 그래서 직원들의 사생활과 취향까지 본인의 낮은 기준으로 판단하는 것을 부끄러워할 줄 모른다. 범법행위에 이르는 언행을 일삼고도 무엇이 잘못인 줄 모른다.

나의 경험으로는, 이런 사람들에게 성장과 발전의 기회를 부여해도 한결같이 어리석은 선택의 연속이었다. 변함이 없었다. 건강한 조직을 부패시키는 원인균들이다. 조직의 발전이나 성장을 위해선 빠른 인적쇄신이 최고다.

만약에 인적쇄신을 할 지위가 아니라면 그 사람과 관련이 있거나 관계되는 일의 근처에 가지 마라. 그렇지 않으면 반드시 낭패를 볼 것이다.

멀리해야 될 사람들과의 대화를 삼가라. 그리고 지혜롭게 회피해라. 사람이지만 멀리해야 된다.

부탁합니다

세상을 살면서 부탁을 하지 않고, 부탁을 받지 않고 살기란 불가능하다.

얼마 전에 업무와 관련하여 상부 기관에 전화를 한 적이 있었는데, 전화를 받은 사람이 담당자는 아니지만 담당자에게 전달해서 그렇게 하겠다고 약속을 했다. 그런데 그 시간에 출장을 가니 담당자는 금시초문이란다. 다행히 그 전화를 받은 사람이 옆에서 자신이 담당자에게 전달하지 못했다며 사과를 해왔다.

화를 좀 내려다가 상황을 보니 전화를 받은 사람의 입장이 난처해질 것 같아 원만한 해결 방법을 찾아서 합의하고 헤어졌다.

직장으로 돌아와서 자초지종을 설명하니 화를 내지 않고 왔다며 나무라는 사람도 있었고, 합의한 대로 하려면 또 계획을 변경해야 된다며 야속해 하는 사람도 있었다. 힘들겠지만 계획을 변경해서 시행하자고 이야기했다.

부탁에 대해서 당부하려고 한다.

부탁은 나의 편의를 위해서 타인에게 정중하게 제의하는 것이다. 내가 득을 얻기 위한 행위이기 때문에 타인을 불편하게 하면 안 된다. 도덕과 관습에 어긋나는 행위를 강요해서 불편하게 하면 안 되고 법에 어긋나는 행위를 강압하여 삶을 파괴시키면 안 된다.

사회적 통념에 어긋나지 않는, 감당할 수 있는 부탁은 수락해라.

다른 이에게 전달해야 될 일이면 꼭 메모해서 정해진 기한에 전달해라.

대신해야 될 일이라면 내 일처럼 깔끔하게 해라.

사람은 남에게 부탁하는 것을 불편해한다. 그래서 그 불편을 감수하고 부탁을 한다는 것은 쉬운 결정이 아니다. 나에게 사소한 일일 수 있지만 부탁하는 이에겐 삶의 방향을 바꿀 수 있는 중요한 일이다.

간혹 부탁이 습관화되어 있는 이기적인 사람이 있다. 슬기롭게 대처해라.

부탁이 어긋날 때도 있다.

부탁을 했는데 상대방이 수락 안 할 수도 있고, 기대했던 만큼의 결과와 동떨어질 수 있다. 기분이 언짢겠지만 들어주지 않는다고 야속해 하지 마라. 그리고 뒤돌아봐라. 너희들은 얼마만큼 부탁을 들어줬는지.

결과가 동떨어졌다고 화내지 마라. 나에게 득을 주기 위한 그 사람의 따뜻한 마음은 받아들여라. 사과하면 정중하게 받아들이고 다른 방법을 지혜롭게 찾아라. 잘잘못을 따져서 강한 반감을 사는 미움으로 원수로 남지 말고 선한 빛을 남겨서 좋은 인연을 이어가라.

거절할 때는 정중하게 거절해라.

부탁하는 사람의 환경으로는 대수롭지 않겠지만 부탁받는 사람의 환경에서는 통념에 어긋날 수 있다.

예의를 지키며 부드럽고 논리적인 설명으로 거절해라. 그랬는데도 언짢아하거나 미워하는 마음을 숨기지 않으면 수용해라. 그리고 그 사람이 퍼뜨리는 소문에 연연하지 마라. 너희들의 판단이 옳다고 지지하는 사람들이 많다는 것을 잊지 말고 특별한 개인에게 미움받는 것을 두려워하지 마라.

부탁과 청탁을 구분하자.

공공성에 어긋나면 청탁이다. 공정성에 어긋나면 청탁이다. 어떤 이의 절실한 기회를 박탈하면 청탁이다.

아버지의 지난날도 청탁에서 완전히 자유롭지는 못했다. 철이 안 들어서, 사회적 분위기가 그랬다고 위안할 수 있지만 착한 선택은 아니었다.

'부탁합니다.'

이 한마디를 너무 쉽게 하지 말고 건성으로 받지 말자.

같이 노력하자.

늦지 않다

삶은 선택의 연속이다.

모든 선택은 심사숙고하는 것이 기본이다. 그렇게 해도 후회하는 선택이 태반이다. 하지만 후회하는 삶 또한 성장의 과정이고 아름다운 인생의 한 부분이라는 생각이다. 그래서 나는 잘못된 선택에 의해 후회가 밀려오면 '이것도 아름다운 내 인생이다.'라는 주문을 왼다. 그리고 감당할 수 있는 무게인지 마음으로 잰다.

감당할 수 없는 무게라면 책임감 있는 자세로 무조건 버틴다. 버티다 보면 폭풍우에 마음의 짐이 쓸려가고 화창한 하늘에서 시원한 바람이 내리듯 지친 몸의 찌꺼기를 날려 보낼 때가 반드시 오더라.

감당할 수 없는 무게를 덜어낸다고 무리하다가 더 큰 화를 당한 경험에서 얻은 지혜다. 그리고 책임감 있게 버틴다는 의미는 회피하면서 세월을 보내는 것이 아니라, 잘못한 부분에 대해서 회피하지 말고 비난과 야유에 섞인 진실은 인정하고 진지한 사과와 수용할 수 있는 요구는 행동으로 옮기는 것이다.

지금 하려는 이야기는 남의 심리적 강요에 의한 선택을 할 때의 후회이다.

이런 경우는 대충의 패턴이 있더라. 어정쩡하게 친한 사람(친구, 선후배 등)이 본능적인 유희로 접근한다. 술 한잔하자, 산에 가자, 운동 가자, 영화 보자, 노래방 가자, 밥 먹자 등으로 접근한다. 한 번만 하는 것이 아니라 서너 번 반복한다. 경계심이 적당히 풀리면 친함을 앞세워 본격적인 욕심을 내비친다. 아무 책임질 일이 없고 그냥 함께하면 되고 참여만 하면 된다는 식이다. 함께 즐긴 것에 대한 미안함과 책임질 일이 없다는 말에 덥석 미끼를 문다.

1차적인 잘못된 선택이다.

그 사람이 구구절절 책임질 일이 안 생긴다고 이야기할 때는 반드시 책임질 일이 생긴다는 의미로 해석해야 한다. 그 사람에게 얻은 즐거움은 다음에 보답하겠다고 말하고 냉정하게 거절해야 된다.

선택을 하고 나니 자꾸 요구 조건이 많아진다. 책임질 일이 자꾸 생긴다. 그리고 나 때문에 함께 선택한 이들에게 미안한 마음이 자꾸 들어 그들의 짐까지 함께 지게 된다.

'이게 아니다.'라는 마음이 들지만 중간에 그만두는 것이 비겁하다는 생각이 자꾸 들어서 끌려다니다 보니, 어느 날 갑자기 그 일 전체를 내가 책임져야 할 위치에 서게 된다.

인간적인 배신행위에 대한 분노, 피해를 끼친 주변인들에 대한 미안함, 잘못된 선택에 의한 자책감으로 감정조절이 안 될 뿐 아니라 경제적, 시간적 손실을 메우기 위한 역경의 삶은 정말 고달프다.

내가 선택한 경우가 아니라서, 선택의 책임을 회피할 대상이 있어서 책임감 있게 버틴다는 것 자체가 힘든 경우가 많다.

그래서 잘못된 선택으로 판단된다면 즉시 물고 있는 미끼를 뱉어야한다. 뱉으려고 발버둥 칠 때마다 미늘 때문에 상처가 나고 피가 흐를것이다. 고통 또한 만만치 않을 것이다. 그러나 이 2차적인 선택을 회피하면 미끼가 사라진 낚싯바늘에 피를 철철 흘리며 이리저리 끌려다니는물고기 신세가 될 것이다.

매사의 인간관계를 의심하는 것은 좋지 않다.

하지만 그 관계가 잘못되었다고 판단되면 주저 없이 냉정하게 고리를끊어라.

가장 지혜롭고 현명한 선택에 버금가는 선택이다.

늦지 않다.

결혼 20주년

2018년 1월 1일이다.

새로운 한 해의 시작이다. 그리고 결혼 20주년이다.

결혼 초에는 해맞이가 이벤트였는데 해가 바뀌면서 여느 날과 같은 날이 되었다.

며칠 전부터 너희들의 엄마가 결혼 20주년을 강조했다. 그렇다고 특별한 이벤트를 바라는 눈치도 아니었다. 슬그머니 "가족사진이나 찍을까?" 했더니 "어머니(너희들의 할머니)가 사진관에 가실라 하겠나!"라고 한다.

그렇게 어영부영 20주년인 오늘을 맞았다.

새벽의 스마트폰에선 전국의 방방곡곡에서 맞이한 해 사진, 복 많이 받아라, 건강해라라는 글들이 '띵띵'거리기 시작한다.

"결혼 20주년 축하해!"라는 말과 가벼운 뽀뽀를 했다.

태완이는 서울에서의 기숙사 생활이 강제적으로 청산되어 어제 힘들게 원룸 가계약을 마쳤고, 용하는 진주성 제야의 종 타종식에 갔다가 오늘 일찍 돌아와서 자고 있다.

여느 날처럼 엄마와 둘이서 가벼운 아침밥을 먹고, 엄마가 할머니 아침 챙겨드리고 나는 용하를 깨웠다.

세 사람의 시간이 용케 맞아서 영화 「1987」을 보게 되었다. 영화관에 넉넉히 도착했는데 커피숍의 커피가 시간을 다 빼앗아서 영화 시작 시간을 겨우 맞췄다.

1987년, 나는 고1이었다. 그런 엄청난 일이 벌어지고 있었는데 나는 대학생들이 데모하여 일찍 귀가하는 것이 좋았을 뿐이었다. 그리고 2년 뒤 대학에 가서야 1987년의 엄청난 일을 간접적으로 알 수 있었다.

영화를 보는 내내 용하와 엄마는 훌쩍거렸다. 나도 감정이 솟구쳐 힘들었다. 그리고 이 영화를 보며 분노하는 내가 대견했다. 정의를 위해 분노할 수 있는 어른이 된 것이 대견했다.

영화는 끝났는데 셋이 한동안 아무 말이 없다. 용하 얼굴을 보니 눈이 붉게 충혈 되어 있었다. 다른 말을 못해서 "재미있었어? 지하 서점에 가서 책 한 권 사줄까?" 했더니 고개만 끄덕거린다. 고른 책이 유시민 작가의 책이다.

집으로 돌아오는 차 안에서 영화에 대한 이런저런 이야기를 했다. 2017년의 촛불 혁명과 1987년의 공통점과 인과관계, 정의로운 권력, 정의를 위한 각자의 역할, 1987년의 경험에서 얻은 지혜(?)로 보수정권이 돈으로 서열화하는 방법으로 대학의 우민화를 추진했고 대학생들은 취업 준비를 위해 학생자치를 포기한 것 등에 관해 진지하면서도 가볍게 이야기를 나눴다.

그리고 내가 생각하는 대학생활은 지적 성숙과 인격 도야를 위한 최고의 기간이어서 유연한 대학생활이 필요하다는 이야기와 영향력이 큰 작가들이 반드시 옳은 것이 아니니 큰 영향력에 지배당하지 말라는 이야기도 가볍게 했다. 이런 이야기를 우리 가족이 함께할 수 있어서 좋다.

그리고 바란다.

1987년, 사회 정의를 위해서 각자의 위치에서 분노하며 소소하지만 묵직한 실천을 보여준 기록되지 않은 분들처럼, 너희들도 너희들의 시대적 아픔에 고개 돌리지 않고 너희들의 위치에서 소소하지만 묵직함을 실천하는 지성인이 되면 좋겠다.

집에 거의 다 왔는데 산불조심이라는 노란 깃발을 단 차가 통행을 방해하더니 급기야 방향지시등의 표시도 없이 갑자기 갓길에 세우는 것을 본 엄마의 "산불조심이 아니고 운전 조심부터 해야 되겠네!"라는 말에 가볍게 웃었다.

점심으로 떡국을 먹고, 골수 배구 팬은 아니지만 배구를 좋아해서 내가 제일 좋아하는 현대캐피탈 팀과 좋아하지 않는 쪽에 가까운 삼성화재 팀과의 경기를 가슴 졸여가며 보았는데 내가 좋아하는 팀이 이겨서 무척 기분이 좋았다. 덕분에 진양호 전망대를 경유하는 남강변 산책로를 이런저런 이야기로 엄마와 기분 좋게 걸었다.

특별한 이벤트가 없는 결혼 20주년의 오늘이었다.

특별한 이벤트가 없는 오늘 같은 결혼기념일이 계속되면 좋겠다.
엄마는 다른 생각일지도 모르겠다만.

미립나는 생활

미립: 경험에서 얻은 묘한 이치

미립나다: 그동안의 경험으로 그 일의 이치를 깨닫거나 요령이 생기다

아버지가 호를 갖고 싶었어.

내가 잘났다고 그러는 것이 아니라, 그냥 갖고 싶었어.

여러 가지로 생각을 했어.

어울리는 낱말을 찾기가 어려워서 포기하고 살았는데 어느 날 책을 읽다가 '미립'을 만났어.

쾌감이라고 해야 하나? 뭔가 뻥 뚫리는 것 있잖아?

이야! 딱 내가 찾는 단어였어.

그래서 호를 '미립'으로 정했어.

'미립 김상백'

생각을 했어.

나에게 미립은 무엇일까?

세 가지가 빨리 생각났어.

하나는 다른 사람의 이야기를 잘 듣자.
들어주는 것이 아니라 정성을 다해 듣자.
보통의 사람들은 나에게 묻거나 이야기를 하자고 하고는 나보다 권력이 높거나 솔깃한 이야기를 하는 사람이 있으면 그쪽으로 눈과 귀를 돌린다. 정말 뻘쭘해.
이런 경험을 몇 번 하고 나면 의심이 간다.
이 사람이 나의 이야기를 정말 듣고 싶은 것인가?
그래서 나는 내가 물은 이야기나 누군가 하고 있는 이야기를 듣기 시작했으면 그 사람의 이야기를 끝까지 듣는다.

두 번째는 아프거나 힘들게 헤어졌으면 다음날 꼭 안부를 물어.
내가 축구를 아주 좋아할 때 다친 적이 있었어. 심하게 다쳤어. 그것 때문에 장애인 판정도 받았어. 많이 다쳤지.
후배가 급히 나를 병원으로 데려갔어. 그게 끝이었어. 같이 축구를 한 어느 누구도 안부를 묻지 않았어. 정말 섭섭했어.
그 뒤부터 모임을 같이 하다가 아프거나 몸이 불편하게 헤어지면 반드시 안부를 물어. 더 나아가 호전되기를 바라는 마음으로 간접적인 정보나 직접적인 도움을 주려고 노력해. 대신 억지로 권하진 않아.
그게 도리라고 생각해.

세 번째는 상상이나 공상을 즐겨.
성격인지 모르겠는데 걱정되는 일, 갈등의 여지가 있는 일, 내 선택에 의심이 가는 일 등이 있을 때 상상하거나 공상하게 되더라.

　그러면서 스트레스를 받는 거야. 일어나지도 않았고 일어날 가능성도 희박한데….

　쓸데없는 스트레스를 나에게 가하는 거야.

　상상이나 공상을 안 하려고 무진장 노력했는데, 이것도 스트레스야.

　이제는 상상이나 공상이 시작되면 그냥 상상의 나래를 펼친다.

　소설을 쓰는 거지. 한참 이러고 있으면 웃음이 나와. 즐기는 거지.

　요즘은 재미있어.

　미립난 나의 생활이었어.

　나의 호는 '미립'이야.

사람 관계의 불공정성에 대하여

내가 교감으로 자리를 이동했다.

늘 그렇듯 우리 가족으로부터 담담한 축하를 받았다. 나 또한 교감이 된 것에 큰 의미를 부여하지 않는다.

나는 인간의 존엄성을 위해서 선택의 자유와 인간으로서의 평등을 강조한다. 학교도 구성원들의 자발성에 의한 자유로운 선택으로 열정과 전문성이 발현되기를 바라며, 계급과 지위에 의한 수직적인 문화보다 인간으로서의 평등의 문화를 지향하여 창조적인 삶이 추구되기를 바란다.

그런데 이런 문화를 교감으로서는 추구할 수 없다. 만약에 뜻을 같이하는 학교장이 있다면 부분적으로 형식적으로는 가능하겠지만 본질적인 정신은 공유되지 않을 것이라고 예상한다. 그래서 교감으로서의 나는 학교 문화를 좀 더 연구하여 자유와 평등의 학교를 위한 구체적인 방법을 찾는 데 있다. 학교문화를 기록하는 내 블로그(다음 블로그 멋지다! 김쌤!)에 교감 일기를 시작한 이유다.

이런 이야기를 하려고 시작된 글이 아니었는데….

나의 교감 자리 이동을 축하하는 화분과 먹을거리를 받았다. 동호회나 계모임에서 보내온 것도 있지만 개인이 보낸 것도 있었다.

어제 강변에서 엄마와 산책을 하다가 화분과 먹을거리로 사람의 관계에 대해서 이야기를 했다.

화분이나 먹을거리를 보낸 분들을 보면 내가 먼저 축하를 해줬기 때문에 답례로 보낸 분들도 있고, 정말 서로를 마주 보는 친한 관계여서 보낸 분들이 있었다.

그런데 나는 축하를 해주지 못했고 평소에 그렇게 친하게 만나는 관계가 아니었는데 꾸준히 축하를 해주시는 분들이 있다. 고맙기도 하지만 부담이 많이 되고 한편으론 내가 주변의 인간 변화를 민감하게 반응하지 못하는가에 대한 죄책감을 갖게 한다.

그리고 사람과의 관계가 참 불공정하고 불공평하다는 생각도 했다.

서로 마주 보는 관계가 이상적인 관계이지만 서로 쳐다보는 사람이 다른 경우가 더 많다는 생각을 했다. 보답을 바라고 베푸는 것은 아니지만 베풂과 보답도 불공정하고 불공평하다는 생각을 했다.

그러나 다르게 생각하여 인간 하나로 생각하면 불공정하고 불공평하지만, 인간 사회로 바라보면 이런 불공정하고 불공평한 관계가 감정 균형을 유지시켜 주는 것 같기도 하다.

내가 베풀지 않았는데 보답을 받는 것처럼, 나에게 베풂을 받은 사람도 내가 아닌 사람에게 보답하는 행위를 섭섭하게 생각할 것이 아니라 인간관계의 감정 균형을 유지하는 지극히 정상적인 사회적 행동이라는 생각이다.

이렇게 정리하니 보답만 받은 분들을 향한 미안한 마음이 좀 가벼워

진다.

  그래도 할 도리는 다해야하기에 화분과 먹을거리를 사진으로 찍어서
감사의 글과 함께 보냈다.
  여전히 베풂과 보답이 일치하는 감정 관계를 지향할 것이다.

용하야 걱정은 된다

아버지의 온갖 장난을 잘 받아주는 우리 둘째 용하가 고3이 되었다.

이제 몇 개월만 고생하면 된다는 생각에 웃음이 절로 난다.

하지만 걱정도 있다.

나는 너희들이 하고 싶은 일이 직업이 되도록 어릴 적부터 이야기했다. 그리고 중학교에 진학한 뒤부터는 하고 싶은 일이 무엇인지 물어보곤 했다.

큰아들 태완이는 중2 때쯤인가 천문학자가 되어 우주론을 쓰겠다고 했다. 그래서 스스로 방법을 찾으라고 했으며 힘든 부분이 있으면 언제든지 알려주면 돕겠다고 했다. 단, 절대로 내가 주도하지 않겠다고 했다.

태완이는 고등학교 진학부터 대학, 대학 졸업 후까지의 계획을 세워서 한 단계씩 실천하고 있다. 물론 그 단계가 다 성공한 것은 아니고 뼈저린 실패로 인한 패배감과 함께 실패의 지혜도 얻은 것 같더라. 패배감에 젖어 있을 때 약간의 도움을 주었는데 그 도움을 뿌리치지 않아서 고맙다.

올해 대학교 2학년을 마치고 자기 계획에 의해 군대를 갈 것이라고 한다.

작은 아들 용하에게도 하고 싶은 일을 물었는데 오랫동안 생각을 하더니 빅데이터가 되겠다고 했다. 그리고 대학은 통계학을 전공하겠다고 했다. 그래서 그대로 존중했다. 그리고 이왕이면 빅데이터의 꿈을 이루기 적절한 대학을 선택하도록 했다.

그런데 고2부터 용하가 방황하는-방황이라는 표현을 했지만 방황이라고 생각하지 않는다. 용하가 하고 싶은 운동, 읽고 싶은 책, 친구들과 어울리는 것이 어찌 방황일 수 있겠는가?- 듯하더니 빅데이터의 꿈을 접은 것 같더라. 꿈은 달라질 수 있으니 충분히 있는 일이라 생각한다. 하지만 꿈을 잃은 후 새로운 꿈이 생기면 좋겠는데 그렇지 않은 것 같더라.

가끔 빅데이터의 꿈을 완전히 접은 것인지? 새롭게 하고 싶은 것이 무엇인지? 등에 대한 시원한 대답도 없고, 용하가 좋아하는 것을 바탕으로 이것저것을 권장해도 머뭇거리기만 한다. 물론 성적도 제법 떨어졌다. 그리고 떨어진 성적을 걱정하는 듯하면서도 끌어올리기 위해 노력은 하지 않는 것 같더라. 너에게 부담주지 않으려고 의연하게 있지만 사실 나도 걱정이 되고 네 엄마 또한 마찬가지다.

네가 좋아하는 배구 동아리 만들어 대회 나가고, 네가 좋아하는 랩으로 축제에 나가고, 네가 좋아하는 축구를 꾸준히 시청하며 몸으로 즐기고, 수능 후에 친구들과 유럽 배낭여행을 위해 돈을 모으며 계획을 세우는 것을 나는 환영한다. 그리고 이런 활동들이 너의 앞날에 손해가 될 것이라고 생각하지 않는다.

다만 걱정하는 것은 네가 하고 싶은 일을 시원하게 말해주지 않는 것이다. 현재 처한 너의 상황을 솔직하게 이야기하면 좋겠다. 그리고 방황하고 있다면 회피의 방황이 아닌 생산적인 방황이면 좋겠다.

그리고 네가 잘하는 것을 누구의 추천이나 권장에 의해 너의 실천이 이루어지는 것을 자주 보고 이제부터는 네가 하고 싶은 것, 네가 잘하는 것을 스스로 결정하여 실천으로 이어지면 좋겠다. 네가 잘하는 것 많잖아.

용하야, 네가 하고 싶은 것을 이미 정했는데 엄마와 내가 실망할까 봐 말하지 않는다면 그런 느낌을 준 우리가 미안할 뿐이다. 하지만 나와 엄마가 형에게 하는 것을 보면 그런 마음 가질 필요 없다는 것을 금방 알 것이다.

용하야, 엄마와 나는 끝까지 너에게 공부하라고 다그치지 않을 것이다. 성적이 떨어졌다고 말하지 않을 것이다. 어떤 대학, 어떤 과를 가라고 말하지 않을 것이다. 너의 진로는 네가 선택하도록 할 것이다. 다만 네가 도움을 요청한다면 언제든 따뜻한 손길을 내밀 것이다.

용하야, 그래도 부모라서 걱정은 된다.
하지만 걱정이 네 삶을 방해하지 않도록 할 것이다.
용하! 응원한다.
이제 일어나 밥 먹자.

엄마와 커피

엄마와 커피.
아버지가 좋아하는 두 가지다.

함안휴게소 카페라테가 나의 입맛에 딱이다.
비가 추적추적 내리는 오늘은, 늘 지나는 함안휴게소의 카페라테 진한 향이 그리워서 들리고 싶은 강한 욕구가 솟는다.
샷을 추가한 카페라테의 진한 맛을 상상하는 것은 여간 행복하지 않다.

함안휴게소를 지나쳤다.
기다리는 엄마를 위해서.
카페라테의 진한 향기와 맛은 상상할 수 있지만, 너희들의 엄마의 향기는 상상할 수 없다. 비교 대상이 아니다.

조금 양보하자

　아버지는 가끔 기차를 타고 출퇴근을 한다. 처음에는 술을 먹는 날에 이용했는데 이제는 나름대로 재미가 있어서 가끔 이용하려고 한다. 시간이 다소 많이 걸려서 아쉽기는 하지만 기다리는 시간에 책을 읽거나 역 주변을 산책하면 나름대로 재미가 있을 것 같다.

　그런데 기차에서 만나는 어떤 사람들 때문에 마음이 불편할 때가 있다. 오늘 아침에는 인자하신 할머니가 원래는 창 쪽 자리인데 얼마 안 가서 내릴 것이고 캐리어가 있어서 통로 쪽 자리에 앉아 있었던 모양이다. 얼마 뒤 한껏 멋을 부린 꽃중년의 신사가 할머니 앞에 섰다. 할머니에게 원래 자리로 이동하라는 의미였을 것이다. 할머니가 정중하게 사정을 설명하고 자리를 바꾸면 안 되겠는지 꽃중년에게 물었다. 꽃중년은 숨도 쉬지 않고 짜증 섞인 목소리로 "그래요!" 하면서 바로 옆의 다른 열의 빈자리에 앉았다. 당연히 할머니는 멋쩍어 하셨다.

　그런데 잠시 뒤 꽃중년이 할머니에게 퉁명스럽게 "자리를 옮기세요!"라고 했다. 할머니는 미안하고 어쩔 줄 모르는 몸짓으로 창 쪽으로 옮기셨다. 그러나 꽃중년은 할머니가 비워준 원래 자리에 앉지 않고 내가 내릴 때까지 다른 열의 자리에 앉아 있었다.

물론 지금 앉아 있는 자리를 계속 유지할 수 없을 경우를 대비해서 그렇게 했을 것이다.

아들!

우리는 이 꽃(?)중년처럼 하지 말자. 우리가 조금 불편해도 양보하자. 우리가 기분 좋게 감수할 수 있는 불편을 즐기자.

원칙대로 하는 것이 옳지만 기분 좋은 양보로 함께하는 사람의 걱정이 풀어진다면 얼마나 사람다운가?

나이 들면 몸이 마음대로 안 되니 움직일 때마다 걱정일 것이다. 너희들의 할머니를 봐도 그렇지 않더냐? 우리들의 기분 좋은 양보로 이분들의 마음이 편안해진다면 얼마나 가치 있는 일이냐?

더불어 함께하는 사회, 밝은 사회를 이루자고 거창하게 이야기들 한다. 아마 오늘의 꽃(?)중년도 그런 사람일 것이다.

아들!

우리는 거창한 외침보다 기분 좋은 양보를 실천하여 우리가 지나간 길을 어느 날 뒤돌아 봤을 때 행복한 웃음을 짓고 있는 분들이 많도록 하자.

우리는 그렇게 하자.

아버지의 대화법

나는 성격이 좀 급한 편이다.

다른 사람의 이야기를 다 듣고 말하지 못했다.

소통을 위한 대화가 아닌 이기기 위한 대화였다. 내 이야기에 더 이상 대꾸하지 않는 사람들을 보면 이긴 대화였다고 생각했다.

주고받는 대화가 아닌 강의식 대화를 하고 나서 왜 사람들은 나보다 아는 것이 없을까하고 생각했다.

참! 건방졌지.

여전히 성격은 급하다.

그래도 다른 사람의 이야기를 다 듣고 말하려 한다.

내 이야기를 하지 못해도 중간에 끊으려 하지 않는다.

그 사람은 이기기 위한 대화를 하고 있기 때문이다.

어떤 친구가 가끔 비꼬는 말투가 아닌 진심으로 내가 잡학다식하다고 이야기할 때가 있다. 비결을 묻는다. 방향이 정해지지 않은 책 읽기와 다른 사람의 이야기를 귀담아듣는 것이라고 말한다.

나와 생각이 다른 특정 집단과 대화할 때도 적극적으로 공감한다.

심지어 논리적이지 못하고 진실을 호도할 때도 고개만 끄덕이고 대꾸하지 않는다. 어차피 말싸움 밖에 안 될 것이니 필요한 정보만 얻는 것으로 만족한다.

눈높이를 맞추려고 애쓴다.

그 사람이 서서 얘기하면 나도 서서.

그 사람이 앉아서 얘기하면 나도 앉아서.

서 있는 그 사람이 키가 작아서 내가 서 있으면 위압감을 줄 수 있는 경우에는 앉아서 허리를 세운다.

눈높이를 맞추었다고 해서 무조건 그 사람의 눈만 빤히 쳐다보지 않는다.

가끔씩 고개를 돌려서 진지한 다른 얼굴 면을 보여준다. 그러다가 내 이야기 시작할 때 눈을 맞춘다. 기계적이고 계산적으로는 반복하지 않는다.

이해가 안 되었거나 잘못 들었을 경우는 정중하게 다시 묻는다.

습관적으로 고개를 끄덕이다 보면 그 사람이 이야기한 것을 내가 반복하는 경우가 있다. 그 사람에게 이야기 안 듣고 있다고 표현하는 큰 결례다.

반대로 그 사람의 고개가 기계적이고 반복적으로 오르내리거나 내가 한 이야기를 반복하면 지루한 것이다. 의미 없는 대화다. 자연스럽게 그만둔다.

나이가 들수록 대화가 힘들다.

진지하게 듣고 부드럽게 말하려고 노력만 하고 있다.

나에게 성공적인 삶이란?

나이가 들어가면서 도전보다 안주를 선택하는 횟수가 많아진다.
내가 생각하는 성공적인 삶도 안주인지 모르겠다.

사회적 지위가 높아지는 것보다 좋은 남편, 좋은 아버지, 좋은 이웃,
좋은 직장 동료로 기억되고 싶다.

성공적인 삶을 살 것이다.

일제 청산

아들아! 주변부터 청산해라.

일제의 잔재를 청산하고 싶다면 네 이웃에 퍼져있는 조그마한 잔재부터 깨끗하게 치워라.

직장을 얻는다면 직장에 퍼져있는 잘못된 왜색부터 멀리하고 정화해라.

너희들의 영역에 전문 용어로 자리 잡고 있는 일본 말을 예전의 우리말로 회복해라.

독도만 지킨다고 청산이 아니다.

역사적 만행에 비분강개한다고 청산되는 것도 아니다.

들판의 보이지 않는 우리 풀꽃부터 하늘의 별까지 제 이름을 찾아달라고 아우성이다.

너희들의 공간에서 너희들의 시간으로 아우성에 대답해라.

진정한 청산이다.

많은 사람들이 걱정하면…

너희들의 생활 중 많은 사람들이 걱정하는 것 있으면 다시 한 번 생각해봐. 다 이유가 있더라.

아버지도 하루 150㎞를 자동차로 출퇴근했는데 주변의 사람들이 걱정을 많이 했다. 하지만 운전에는 자신이 있어서 걱정하는 마음만 받았는데, 날이 거듭되니 운전을 하다가 가끔 멍한 상태, 잠깐 졸은 듯한 느낌, 다리에 쥐가 나는 경우가 있어서 아찔했다. 무엇보다 터널이나 커브길에서 사고 난 경우를 여러 번 목격한 후론 긴장이 많이 되었다.

요즘은 가능하면 기차로 출퇴근한다. 다소 시간은 걸리지만 안전하다. 무엇보다 기차를 타고 있는 시간은 책 읽기, 생각 정리, 잠으로 보내니 시간을 낭비하지 않고 더 알차게 보내는 것 같다.

물론 사람들의 걱정도 덜었다.

버스에서 묻는다

퇴근 버스를 탔다.

외국인 근로자가 앞문으로 내리려고 했다. 이때 버스 기사가 "야이 새끼야! 뒤로 내려 인마!" 하는 것이었다. 깜짝 놀라서 외국인 근로자부터 살폈다. 큰소리에 놀란 건지, 큰소리의 내용에 놀란 건지는 알 수 없었지만 당황하여 잠시 멈칫하다가 원래대로 앞문으로 황급히 내려갔다. 현재도 이런 버스 기사가 있다는 것에 놀랐고 부끄러웠다.

놀란 마음을 진정시키려고 뒤쪽으로 자리를 옮겼다. 잠시 뒤 몸이 많이 불편한 분이 버스에 올랐다. 나는 버스 기사가 이분에게 한소리 할 것 같아서 불안했고, 만약에 안 좋은 소리를 한다면 가만있지 않을 것이고, 가만있지 않을 방법을 짧은 시간에 정말 많이 생각했다. 다행히 그런 일은 생기지 않았다.

몸이 불편한 분이 자리에 앉으려고 버스 뒤로 불안하게 걸어오는데 자리에 앉은 승객들은 그분과 눈이 마주쳐서 옆자리에 앉을까 봐 갑자기 의미 없는 눈동자로 창밖을 쳐다보거나 고개를 숙였다. 겨우 그분이 자리에 앉았는데 내 앞자리의 여중학생 옆이었다.

그분이 여중생에게 말을 거는데 어눌해서 쉽게 알아들을 수 없었다. 하지만 그 여중생은 눈을 맞추며 끝까지 듣고 정성껏 대답하는 것이었다. 뒤이어 그분이 여중생에게 "학생은 내가 싫지 않아? 불편한 몸과 어눌한 말 때문에 다른 사람들은 나를 달가워하지 않는데, 학생이 아무렇지 않게 대해줘서 정말 고마워."라는 내용을 어눌하게 말했다. 이 말을 들은 여학생은 그분을 향해 활짝 웃으며 "아니에요! 저는 괜찮아요!"라고 했다. 몇 정거장을 더 간 후 그분과 반갑게 헤어지는 여중생을 보며 여러 생각을 했다.

누가 진정한 어른인가?

이 상황이 거꾸로 되지 않아서 천만다행이지 않은가?

선함을 추구했던 우리 습속에서 어떤 연유로 악이 버젓이 활개 치게 되었을까? 그것도 나라를 정말 걱정하는 기성세대에서.

이런 악을 진보의 역사가 소멸시키고 화합의 공동체를 만들 수 있을까?

버스에서 너희들에게 묻는다.

다른 이의 능력을 빌리는 능력은 큰 장점이야

요즘 용하가 대학 응시를 위해 자소서 쓴다고 고생이 많네.

형아에게 많이 물어봐.

형아는 논리적인 글쓰기와 말하기 능력이 뛰어나다.

또 2년 전에 한 번 경험을 했기 때문에 많은 조언을 해줄 수 있을 거야.

용하야. 네가 끙끙대며 해결하려는 것, 어떤 이는 단박에 해결할 수 있어.

사람마다 타고난 능력과 좋아하는 것이 달라.

타고난 능력과 좋아하는 것을 서로 나누면 세상이 많이 수월해져.

다른 이의 능력을 인정하고 빌리는 것은 아주 큰 장점이야.

부끄러워하지 마. 모든 걸 다 할 수 없는 것이 인간이야.

이웃들

어느 아버지

식당을 하는 분이 들려준 이야기다.

식당을 마칠 무렵 온갖 욕들이 문틈으로 들어오더란다.

다른 날처럼 지나가는 바람에 실려 왔을 거라고 믿었단다.

하지만 욕들이 너무 무거워서 가게 안에 쌓이더란다.

답답하게 열리는 자동문을 여러 번 찌른 후에 욕들의 원산지에 다가가니 5~6명의 건장한 고등학생들이 싸우고 있더란다. 아차! 하는 마음이 들었지만 나름대로 운동을 한 자존심이 있어서 가게 앞을 떠날 것과 욕 좀 하지 말라는 훈계를 욕으로 했단다.

당연히 싸움이 일어났고 가게 앞의 물건들을 무기삼아 응징하니 온갖욕을 뽑아내며 도망가더란다. 다행스러운 마음과 분한 마음이 어우러진 흥분이 쉽게 가라앉지 않은 밤을 보냈단다.

다음 날 깔끔한 차림의 중년의 남자가 찾아왔더란다.

어젯밤의 이야기를 하더란다. 순간 '경찰이구나!' 하는 생각이 들어 오만가지 생각이 머리를 휘젓고 다니던 중에 '어른이 되어서 너무 부끄럽다.'는 말이 입에서 나오더란다. 마음과 다르게 왜 그런 말이 나왔는지 당황했단다.

중년의 남자가 아침에 자기 아이를 살피니 모양새가 이상하더란다. 따져서 자초지종을 알았는데 아이 말만 믿을 수 없어서 찾아왔단다.

있었던 이야기를 그대로 했더니 '미안하다'는 사과를 하더란다. 아이를 잘못 키웠다하더란다. 다른 지역에 살다가 직장 때문에 이사를 왔는데 아이가 비뚤어져서 걱정이 많다고 하더란다.

그 뒤부터 이사 갈 때까지 그 중년 남자는 반가운 마음으로 맞이하는 단골이 되었다고 하더라.

이사 가는 앞날 찾아와서 그동안 맛있게 잘 먹었다는 인사말과 사업 번창하기를 진심으로 바란다는 말을 남기더란다.

그분과 식당에서 이야기하는 동안 자식 교육에 대해 많이 생각하게 되었고 더 많이 배웠다고 하더라. 그분의 마지막 이야기를 들었을 때, 그날 밤의 그 아이도 원래 자리로 잘 찾아왔다는 것을 알았단다.

요즘 이런 분 드물다.

아이 말만 믿고 다짜고짜 행패를 부린다.

아이의 순간적인 체면을 세워주는 것이 잘 키우는 것이라고 착각을 한다. 아이가 자라서 엄청난 일을 저지르고 난 후 내가 너를 어떻게 키웠는데 하며 아이를 탓할 어리석은 짓을 하는 것이다.

우리도 실수를 하는 사람이다.

그럴 때마다 우리는 우리의 잘못을 남에게 씌우지 말자.

진정성 있는 뉘우침과 사과를 먼저 하자.

'그 아버지'처럼 하자!

돈으로 시간을 살 수 있다면…

　좋아하는 선배를 만났다. 그 선배도 좋아하고 나도 좋아하는 막걸리에 파전을 함께했다. 사실 선배 때문에 막걸리와 파전을 더 좋아하게 되었다. 그래서 지금은 내가 가장 좋아하는 음식이 엄마가 해주는 다양한 전과 동네마다 있는 막걸리다. 예전에는 빵집을 그냥 지나치지 않았는데 지금은 양조장이 그렇다.

　나는 선배를 형님으로 받든다. 경상도에서 나이 많은 사람을 지칭하는 흔한 '행님'이 아니라 진짜 형님처럼 받든다. 그래서 때로는 쓸데없는 말로 형님 속을 뒤집기도 한다. 그래도 형님은 인상 한 번만 찌푸리고 넘어가신다.

　이런저런 이야기를 하다가 형수님의 근황을 물었더니 평소에는 집안일을 좀처럼 말하지 않는데 오늘따라 줄줄이 엮어내신다.
　예전부터 해오던 학원을 잘 운영하여 제법 많은 돈을 모았는데, 갑자기 형수님 동생이 희귀병에 걸렸단다. 우리나라에서 치유하기 힘든, 짧은 시한부 삶을 살아야 하는 병이었단다.

형수님은 실망과 근심을 뒤로하고 그동안 모은 돈의 전부를 동생을 위해 썼단다. 이를 본 동생도 삶에 대한 강한 의지로 기적을 일으켰는데 아직 완전한 회복은 아니라서 여전히 걱정은 된단다.

"형수님도 대단하고, 형님도 쉽게 결심하기 힘들었을 텐데 대단하십니다."라고 했더니 "우리가 돈을 왜 모을까?", "모은 돈 없으면 조금 불편하겠지?", "하지만 돈으로 시간을 살 수 있는 일이 있어서 얼마나 다행이냐?"라고 하신다.

아들!
돈으로 시간을 살 수 있는 일 안 생기도록 꾸준히 건강관리 잘하자. 그리고 부득이 돈으로 시간을 살 수 있는 일이 생기면 한 치의 망설임 없이 이 형님처럼 하자!

횟집 주인에게 야단을 맞았다

너희들처럼 나도 회를 굉장히 좋아한다. 아니, 나 때문에 너희들이 회를 좋아하게 되었지. 아버지 단골 횟집을 너희들도 알고 있지?

어제 좋아하는 후배 둘과 단골 횟집에서 만났다. 셋이서 한창 좋은 이야기를 하고 있는데, 주인이 특별 후식을 가져왔기에 내가 된장을 좀 더 달라고 했더니 싫지 않게 버럭 하며 "지금 남아 있는 된장으로 충분히 회 먹을 수 있는데 왜 더 달라고 해요?"라고 했다.

회에 비해서 된장이 너무 작아서 더 달라고 했는데, 그까짓 된장 조금 더 주는 것이 뭐가 아깝냐고 했더니 "제가 된장이 아까워서 그러는 것이 아니고, 남아 있는 된장으로 회 충분히 다 드실 수 있는데 지금 된장을 더 갖다 드리면 분명히 된장이 남습니다. 그리고 회를 다 먹어보고 된장이 모자라면 시켜도 되는데 미리 시켜서 남기는 손님이 너무 많습니다. 남은 된장 물에 흘려보내면 환경오염이 얼마나 심한지 아십니까? 손님들에게는 자그마한 된장 그릇이지만 저희들이 설거지할 때는 한대야 됩니다. 매일 어마어마한 양이 흘러나갑니다. 손님이 편해서 그냥 하소연하는 것입니다. 다른 손님들도 그것을 알면 좋겠습니다." 하는 것이었다.

그 소리를 듣는 내내 마음이 좀 불편했다. 횟집 주인에게 큰소리를 들어서 불편한 것이 아니라, 평소에 환경보호에 관심이 많고 다른 사람보다 환경보호를 위해 더 실천한다고 자부하고 있었기 때문이다. 오늘 횟집 주인에게 이런 소리를 들으니 쉽게 실천할 수 있는 것들을 얼마나 놓치고 있는지 뒤돌아보게 되었다.

특별한 이벤트를 만들어 실천하는 것보다 마음만 먹으면 쉽게 할 수 있는 것들을 꾸준히 실천하는 것이 평소 가진 생각이었는데 많이 부족했다.

좋은 이야기 다 듣고 미안한 마음에 다음부터 꼭 실천해야 되겠다고 하니까 하나 더 부탁을 하더라. 회를 먹을 때 사람마다 양념의 취향이 다른데 보통 한 사람이 모든 양념을 다른 사람의 접시까지 다 부어서 남게 하는 경우가 많단다. 이렇게 남는 양념의 양도 상상을 초월한단다. 결국 환경오염으로 이어지고…

이제는 양념을 남기는 것도 신경을 써야겠다.

1억 5천만 원을 수주했습니다

어제저녁에 IT 관련 일을 하는 친한 사람을 만났다.

예전에 정보 관련 업무를 맡고 있을 때, 이 친구의 회사가 우리 학교 정보화 기기 유지 보수를 맡으면서 알게 되었다. 이 사람의 장점은 친화력이었다. 그 당시 나는 학교방송과 함께 인터넷방송에 관심이 많아서 개인 서버를 운영하며 인터넷 방송을 했는데 혼자 모든 문제를 해결하는 것이 어려웠다. 지금은 일인 방송시스템이 대세지만 그 당시에는 인터넷방송의 개념 정립과 앞으로의 전망에 대한 논의만 활발할 때여서 실제 운영은 쉽지 않았다.

예상하지 못하는 여러 가지 문제들이 발생했는데 혼자서 극복하는 것이 힘들었고, 더군다나 필요한 경비는 전적으로 내 월급에 의존하는 것이어서 고가의 장비나 소프트웨어보다는 저가의 장비와 프리웨어로 시스템을 구축할 수밖에 없었다. 그래서 나보다 실력이 월등한 이 친구에게 도움을 요청했는데 흔쾌히 손을 내밀어 주었다.

이 친구가 학교를 방문하는 날이면 텅 빈 교실에서 정보화에 관련된 이런저런 이야기, 인터넷방송에 관련된 이야기, 특히 동영상의 가치에 대한 이야기를 나누었다. 나는 이 친구에게 동영상을 배우도록 강하게 주장했다. 그리고 그 당시 나는 동영상과 인터넷방송에 대한 강의를 하고 있었기 때문에 도움을 주었다.

그 뒤 학교를 옮기게 되면서 만나지는 못하고 전화로 서로를 도왔다.

얼마 전에 우리 동네에 사는 친구가 노트북을 구입했는데 문제가 발생해서 나에게 도움을 요청했다. 내가 해결할 범위를 넘어선 문제여서 이 친구에게 전화를 했더니 흔쾌히 도움을 주었다. 정말 고마웠다.

미안함과 고마움을 갚기 위해서 어제 만났다. 서로의 근황을 물어보면서 자연스럽게 유지 보수 업체들에 대한 정보를 접했는데 돈이 안 되는 사업이며 전망도 밝지 않다는 것이었다. 그래서 조심스럽게 이 친구에게 어떻게 대비하고 있는지를 물었더니, 예전에 나에게 동영상을 배운 것이 계기가 되어서 디지털 방송과 영상 관련 사업으로 확장시켰다고 한다. 작년에는 1억 5천만 원을 수주했단다. 대단하다며 박수를 보냈는데, 이 친구는 되레 동영상에 대한 낙관적인 전망을 강조하며 적극적으로 배우라고 추천한 나로 인해 시작된 작은 계기가 이런 결과로 이어졌다며 연신 고맙다는 말을 했다.

나는 이 친구가 대단하다고 생각한다.

1억 5천만 원을 수주한 것도 대단하지만, 여전히 유지 보수를 하는 학교의 직원들과 높은 친화력을 유지하고 있었다. 김영란법 이전에는 뇌물이나 향응을 제공하는 일도 있었고, 실력보다 이런 것에 현혹되는 사회를 욕하며 신세를 한탄하기도 했지만, 지금은 자신의 친화력이 최고의 무기가 되어서 자기를 찾는 학교가 많아지고 있단다. 물론 높은 실력이 근본이 되었겠지.

이 친구는 대화에 있어서 꺼림칙함이 없다. 도울 수 있는 것은 '된다.'이며, 제도나 관습, 법률에 의해 도울 수 없는 것은 '안 된다.'이다. 그리고 안 되는 것을 되게 하는 방법을 솔직하게 안내해준다.

숨기는 것이 없으니 대화가 맑고 투명해서 정감이 간다. 이 정감에다 안 되는 것을 되게 하는 정보까지 제공하니 관계가 두터워질 수밖에 없는 것 같다.

나도 3월부터 직이 바뀌어서 대화할 일이 많아질 것인데 이 친구의 친화력을 좀 빌려야겠다. 그리고 도움을 주기 위한 정보 수집에 더 부지런해야겠다.

시원한 조개탕 국물에다 좀 많이 마셨는데 예상외로 편안한 아침을 맞이했다. 쓴 술보다 맑은 대화가 좋았나 보다.

어제저녁에 가게 주인이 한 말이 생각난다. 깊어지는 대화만큼 수분이 증발된 조개탕 국물이 짜져서 육수를 리필하니 "술을 이렇게 마시고도 하나도 안 취하는 분들은 손님들이 처음입니더."

맑은 대화가 술을 이긴 어제였다.

작가의 말

대수롭지 않은 일상을 책으로 낸다는 것이 부끄럽습니다.

우리 집 주변에서 일어나는 일들을 일반화하는 것도 부끄럽습니다.

평범한 부모가 평범한 두 아들에게 평범하게 살라고 들려주는 이야기를 공개하는 것도 부끄럽습니다.

하지만 부끄러움을 감내하고 공개하는 것은, 일반적이고 평범한 우리들의 삶이 어리석고 조롱거리가 되어가는 것이 못내 아쉬웠기 때문입니다.

사람이 사람을 위하는 평범한 삶이 착하게 살려는 사람의 본성인데, 그 본성을 억지로 없애는 것이 현대를 잘 사는 방법이라고 우기는 몸부림이 안타깝고 야속했습니다.

나의 가족들, 나의 후손들은 평범하고 소박한 삶에서 사람을 위하는 착한 삶을 살기를 희망합니다.

그리고 다른 가족들의 동참도 기다리고 기대합니다.

착하게 삽시다.